KB006413

중고생도 함께 읽는 『진달래꽃』

소월이
지금 나에게로
왔다

소월이
지금 나에게로
왔다

장노현

글누림

머리말

　시집 『진달래꽃』은 1925년에 처음 나왔습니다. 여기엔 소월의 시 126편
이 실려 있습니다. 〈진달래꽃〉을 비롯해 〈먼 후일〉, 〈초혼〉, 〈가는 길〉, 〈왕
십리〉, 〈삭주구성〉, 〈접동새〉, 〈산유화〉, 〈나는 세상 모르고 살았노라〉, 〈금
잔디〉, 〈엄마야 누나야〉 등 한국시의 명편들이 모두 여기 실려 있습니다.
2011년에는 이 시집의 초간본이 문화재청에 의해 등록문화재 제470호로
등록되기도 했습니다.

　이 책은 『진달래꽃』에 수록된 시 126편 하나 하나에 해설을 붙인 시해설
서입니다. 초간본을 참고하여 정밀하게 교열한 시 원문도 함께 실었습니다.
해설은 중 · 고등학생들도 함께 읽을 수 있도록 쉽게 썼습니다. 학교에서 배
우는 주제 찾고 소재 찾는 그런 해설은 아닙니다. 시 창작 과정에서 소월이
느꼈을 감성에 집중하는 해설입니다. 독자 여러분들은 가벼운 마음으로,
100년 전 이 땅에 살았던 한 시인의 서정적 감수성을 만나볼 수 있을 것입
니다.

　해설문은 하나 하나가 독립된 글입니다. 각 해설은 어떤 하나의 결론으로
수렴되지 않습니다. 소월시 전체를 한두 가지 특징으로 아우르거나 상호 유
기적 연관성을 찾기 위해 노력하지도 않습니다. 들뢰즈의 용어를 빌리면,

시의 편수만큼 해설의 고원이 존재하는 것입니다. 소월시에 관한 학술서들은 대개 소월시 전체에서 어떤 공통적 경향이나 특징을 추출해내려 합니다. 하지만 이런 식의 해석은 소월의 많은 작품을 오히려 왜소화시키고 단순화시키기도 합니다. 더욱이 일반 독자에게 시는 각편일 뿐입니다. 시간 날 때, 혹은 생각나면 한두 편 읽게 되는 것이 시입니다. 따라서 시는 각편으로 이해되는 것이 우선입니다. 이 책에서 시와 해설을 각편으로 다루고, 시마다 해설을 따로 쓴 이유입니다.

대학 신입생들을 대상으로 시 감상 수업을 진행한 적이 있습니다. 어느 누구의 도움도 받지 않고, 어떤 참고서의 도움도 없이, 자기 스스로 시를 이해하고 감상하는 능력을 제고하기 위한 수업이었습니다. 하지만 이 수업은 시작부터 힘들었습니다. 학생들이 시를 이해하고 감상하는 방식은 고등학교 수업시간에 시를 배우던 방식에서 한 발도 벗어나지 못했습니다. 시를 읽고 자기의 생각이나 느낌을 정리하는 방법을 전혀 몰랐습니다. 아니 자기만의 생각이나 느낌이 만들어지지 않았습니다. 어떤 시는 리듬이 중요하고, 어떤 시는 표현이 중요하고, 어떤 시는 주제나 사상이 중요하고, 어떤 시는 시어 자체가 중요하다는 사실을 알지 못했습니다. 모든 시를 대하는 방식이

동일하니 서로 다른 시를 읽으면서도 별로 새로울 것이 없었던 것입니다. 그러다 보니 시를 암호와 같은 것으로 이해하거나 심지어는 시를 그냥 비문법적인 어려운 글로 이해할 뿐이었습니다.

하지만 시는 어렵기만 한 글이 아닙니다. 이 책에 실린 소월시 해설을 읽으면서 많은 사람들이 시도 이렇게 편하게 읽으면 되는구나 하는 생각을 갖게 되기를 바랍니다. 더불어 널리 알려진 소월시 외에도 잘 알려지지는 않았지만 우리의 시적 상상력을 자극하는 좋은 시들이 많다는 것을 발견하는 계기가 되었으면 합니다.

오래 전에 썼던 원고를 책 출판을 기회로 전면적으로 고쳐 썼습니다. 그러면서 소월시가 전해주는 감성에 오랜 시간 빠져 있었습니다. 행복한 시간이었습니다. 이런 행복한 시간의 계기를 만들어 준 글누림 출판사에 감사드립니다. 편집의 수고로움을 감당해 준 이태곤 편집장님에게도 감사의 말을 전합니다.

2014년 7월 22일, 시습재에서 장노현이 쓰다

일러두기

▶ 이 책은 김소월의 『진달래꽃』 시집에 수록된 126편의 시에 대한 대중적 해설서이다.

▶ 1925년 매문사에서 간행된 『진달래꽃』 초간본의 체제를 따라 16부로 구성하였고 시의 배열순서도 그대로 따랐다. 시 원문과 해설은 가능한 좌우 페이지에 나란히 배치하여 참조가 쉽게 하려고 애썼다. 시어는 초간본의 표기를 참조하면서 정밀하게 교열·교정했으며, 마침표와 쉼표 등의 문장부호도 일일이 대조 확인하였다.

▶ 다만 시어의 표기와 띄어쓰기를 현대맞춤법에 맞도록 수정하였는데, 이 과정에서도 독자가 소월시의 원형을 그대로 느낄 수 있도록 최대한 배려했다. 초간본에 사용된 겹낫표(『 』)는 가로쓰기에 사용하는 따옴표(" ")로 바꾸었다.

▶ 시 등의 작품 제목은 〈 〉, 시집이나 책명은 『 』로 묶어 표기했다.

차례

7 귀뚜라미

님에게

먼 후일

먼 훗날 당신이 찾으시면
그때에 내 말이 "잊었노라"

당신이 속으로 나무라면
"무척 그리다가 잊었노라"

그래도 당신이 나무라면
"믿기지 않아서 잊었노라"

오늘도 어제도 아니 잊고
먼 훗날 그때에 "잊었노라"

시간이란 흐름이다. 흐름은 이내 익숙해져 버린다. 익숙해진 흐름은 느껴지지 않는다. 그때 우리의 감각, 우리의 정신은 마비된 상태에 빠진다. 리듬과 변화만이 마비 상태에 빠진 우리를 깨울 수 있다.

시간이 많이 지나고 '먼 훗날' 어느 때엔가 떠났던 님이 다시 내게 온다. 그리고 나에게 그새를 못 참아 잊었느냐고 원망한다. 그러면 나는 오랫동안 잊지 않고 지내다가 '먼 훗날' 즉 떠났던 님이 다시 내게 돌아오기 얼마 전에야 잊었다고 대답한다. 이처럼 1연의 '먼 훗날'과 4연의 '먼 훗날'은 표현상으로는 같지만 약간의 시간적 선후가 내포되어 있다.

이 시는 '먼 훗날 그때'(8행), 즉 아직 오지 않은 미래를 문제 삼고 있다. 오늘이나 어제는 관심의 대상이 아니다. 오늘과 어제는 흐름이 사라져 버린, 무위(無爲)의 시간이다. 아무 일도 발생하지 않기 때문이다. 님이 돌아올 때까지 나에게는 어떤 의미 체계도 작동하지 않는다. 다른 말로 하면 있되 없는 공백의 시간이다.

무의미한 시간이 계속된다. 그런 가운데 화자는 스스로의 파멸을 방지하기 위해 방어기제를 작동시켜 시간 놀이에 몰입해간다. 시간 놀이를 통해 의식을 조작한다. 리듬도 없고 변화도 없이 지속되는 헤어짐의 시간을 탈출하여 '먼 훗날 그때'로 향한다. 현재를 추방하고, 미래를 앞당겨 경험한다. 그 미래는 님과 화자 사이에 활발한 교감이 오가는 시간이다. 님은 날 찾기도 하고, 나무라기도 한다. 화자는 님을 '잊었노라'고 강변하기도 한다. 공백과 무위의 시간을 버리고, 리듬과 변화가 있는 유위(有爲)의 시간을 만들어낸 것이다. 그런데, 어쩌랴! 이것은 다만 시간 놀이를 통해 만들어진 허구적 시간에 지나지 않는 것을.

풀따기

우리 집 뒷산에는 풀이 푸르고
숲 사이의 시냇물, 모래 바닥은
파아란 풀 그림자, 떠서 흘러요.

그리운 우리 님은 어디 계신고.
날마다 피어나는 우리 님 생각.
날마다 뒷산에 홀로 앉아서
날마다 풀을 따서 물에 던져요.

흘러가는 시내의 물에 흘러서
내어던진 풀잎은 옅게 떠갈 제
물살이 해적해적 품을 헤쳐요.

그리운 우리 님은 어디 계신고.
가여운 이 내 속을 둘 곳 없어서
날마다 풀을 따서 물에 던지고
흘러가는 잎이나 맘해 보아요.

화자는 님을 생각하는 마음을 풀잎에 의탁하여 시냇물에 흘려보낸다. 님을 그리워하는 속내는 풀잎을 따서 물에 던지는 행위의 반복을 통해 강화되고 있다. 그러나 님은 속절없이 멀어져만 간다. 물안개처럼 아렷하게 '피어나는'(5행)가 싶더니, 곧 사라져가는 존재인 것이다.

　한국시의 전통 속에는, 물이나 구름에 의탁하여 자신의 심경을 멀리 있는 님에게 띄워 보내는 경우가 많다. 조선 초 단종 임금을 귀양지까지 호송했던 왕방연도 영월에 모셔 두고 온 단종에게로 향하는 그립고 안타까운 심경을 물에 의탁하여, "저 물도 내 안 같아야 울어 밤길 예닷다"고 읊었다. 냇물도 자신의 마음처럼 울면서 임금 계신 곳으로 흐른다는 말이다. 물은 님과 나를 갈라놓지 않고, 오히려 둘 사이에 존재하는 먼 거리를 해소시키는 매개체로 등장하고 있는 것이다. 〈풀따기〉의 시냇물도 마찬가지다.

　'내어던진 풀잎은 엷게 떠갈 제 / 물살이 해적해적 품을 헤쳐요.'(9~10행) 묘미 있는 표현이다. 풀잎이 떠가면서 물살을 해적일 때 생기는 미세한 파문을, 님의 가슴을 해적해적 헤치는 남성의 손길과 연결지어 놓은 상상력이 놀랍다. 에로틱한 행위에 대한 연상이라 할까? 그 행간을 읽는 것은 독자의 몫이다.

바다

뛰노는 흰 물결이 일고 또 잦는
붉은 풀이 자라는 바다는 어디

고기잡이꾼들이 배 위에 앉아
사랑 노래 부르는 바다는 어디

파랗게 좋이 물든 남빛 하늘에
저녁놀 스러지는 바다는 어디

곳 없이 떠다니는 늙은 물새가
떼를 지어 좇니는 바다는 어디

건너서서 저편은 딴 나라이라
가고 싶은 그리운 바다는 어디

소월의 고향은 바다를 지척에 두었다. 고향 마을 뒤쪽으로 펼쳐진 남산봉(일명 소산)에 올라서면 바다가 눈앞에 그림처럼 펼쳐진다고 한다. 소월도 어려서는 남산봉에 올라 바다를 굽어보는 일이 잦았단다. 그때의 바다는 자유와 그리움이 흰 물결처럼, 사랑 노래처럼, 저녁놀처럼 일렁거리는 그런 바다였을 것이다.

　그런데 시 속에 등장하는 바다는 상실의 바다이다. 삶의 활기와 아름다운 자유가 뛰노는 그런 바다가 아니다. 흰 물결도, 사랑 노래도, 저녁놀도 찾을 길 없는 바다이다. 언제나 바다를 지켜오던 '늙은 물새' 떼도 사라지고 없는 바다이다. 여기서 '늙은 물새'는 힘들고 지치고 노쇠한 존재로 읽히기보다는 유구한 역사와 전통의 상징으로 읽힌다. 많은 시간을 통해서 익숙해졌던 존재(전통)가 사라지고 없다니, 이 얼마나 커다란 상실인가! 연마다 되풀이되는 '바다는 어디'라는 절규가 가슴 아프다.

　'붉은 물이 자라는 바다'(2행)는 아주 낯설고 비사실적인 이미지 같아 보인다. 하지만 화가 이종무가 그린 〈붉은 해초가 보이는 소래〉(1977)라는 작품을 찾아보면 그것이 아주 사실적인 바닷가 풍경임을 알 수 있다.

산 위에

산 위에 올라서서 바라다보면
가로막힌 바다를 마주 건너서
님 계시는 마을이 내 눈앞으로
꿈 하늘 하늘같이 떠오릅니다

흰 모래 모래 비낀 선창가에는
한가한 뱃노래가 멀리 잦으며
날 저물고 안개는 깊이 덮여서
흩어지는 물꽃뿐 안득입니다*

이윽고 밤 어두운 물새가 울면
물결 좇아 하나 둘 배는 떠나서
저 멀리 한바다로 아주 바다로
마치 가랑잎같이 떠나갑니다

나는 혼자 산에서 밤을 새우고
아침 해 붉은 볕에 몸을 씻으며
귀 기울고 솔곳이 엿듣노라면
님 계신 창 아래로 가는 물노래

흔들어 깨우치는 물노래에는
내 님이 놀라 일어 찾으신대도
내 몸은 산 위에서 그 산 위에서
고이 깊이 잠들어 다 모릅니다

화자는 산 위에 올라 바다를 바라본다. 바다 건너 저편 아득한 곳에 님이 계신다. 님이 계신 그곳 마을에도 바다가 있다. '흰 모래'(5행) 반짝이던 '선창가'(5행)에선 '한가한 뱃노래'(6행)가 들려왔고, 배들은 시간 맞춰 '저 멀리 한바다로'(11행) 출항을 했다. 그 바닷가 마을의 기억이 2연과 3연에서 안개처럼 어렴풋이 그려지고 있다.

　화자는 타향의 바다를 내려다보면서, 고향 바다와 마을 그리고 님을 추억하는 것이다. '님 계신 창 아래로 가는 물노래'(16행)는 추억하는 마음을 구체화한 표현이다. 그 '물노래'는 밤이 지나고 아침이 되도록 끝날 줄 모른다. 그런데 진짜 비극적 상황은 그 다음에 발생한다.

　화자의 지칠 줄 모르는 '물노래'에 '내 님이 놀라 일어'(18행) 찾아오지만, 정작 화자는 '깊이 잠들어'(20행) 아무 것도 모르는 상황이 발생하고 만다. 소월 시에서 님은 언제나 부재하는 님, 떠나간 님이며, 님과의 만남은 꿈이나 잠 속에서 이루어진다. 하지만 이 시에서는 그것마저 불가능하게 되고 만 것이다. 영원히 불가능한 만남, 애꿎은 운명, 어쩌면 이것이 인간 존재의 보편적 모습일지도 모른다. 그래서 우리는 늘 무언가를 그리워하며 살게 되는 것인지 모른다.

───────────

＊안득입니다: '아득합니다' 혹은 '어른거립니다' 정도로 이해되지만, 정확한 의미는 알 수 없음.

옛 이야기

고요하고 어두운 밤이 오면은
어스러한 등불에 밤이 오면은
외로움에 아픔에 다만 혼자서
하염없는 눈물에 저는 웁니다

제 한 몸도 예전엔 눈물 모르고
조그만한 세상을 보냈습니다
그때는 지낸 날의 옛 이야기도
아무 설움 모르고 외웠습니다

그런데 우리 님이 가신 뒤에는
아주 저를 버리고 가신 뒤에는
전날에 제게 있던 모든 것들이
가지가지 없어지고 말았습니다

그러나 그 한때에 외워 두었던
옛 이야기뿐만은 남았습니다
나날이 짙어가는 옛 이야기는
부질없이 제 몸을 울려 줍니다

이 시의 화자는 님과의 만남과 이별을 자서전적으로 제시하고 있다. 화자의 삶은 3개의 시간대로 나누어져 있다. 그것을 대과거-과거-현재라고 하여 보자. 대과거는 님을 만나기 전의 시간이고, 과거는 님과 함께 하던 시간이며, 현재는 님과 이별한 뒤의 외로움과 아픔의 시간이다.

　외로움과 아픔의 현재는 1연과 3연, 4연에 반복적으로 나타난다. 하지만 2연만은 복잡한 시간 구조로 뒤얽혀 있다. 2연의 세 번째 행에 나타나는 '그때'를 중심으로 살펴보자. '그때'는 님과 함께 하던 과거의 시간이다. 그리고 '지낸 날'은 '그때'보다 앞선 대과거이다. 대과거의 '지낸 날'은 삶에서 오는 갖가지 '설움'들에 휩싸여 있는 나날이다. 결국 '대과거-과거-현재'의 시간은 '설움-충만-외로움과 아픔'의 구조로 짜여 있다. 충만한 시간의 경험이 대과거의 설움을 증폭하여, 현재는 더 외롭고 아픈 시간이 된다.

님의 노래

그리운 우리 님의 맑은 노래는
언제나 제 가슴에 젖어 있어요

긴 날을 문밖에서 서서 들어도
그리운 우리 님의 고운 노래는
해지고 저물도록 귀에 들려요
밤들고 잠들도록 귀에 들려요

고이도 흔들리는 노래 가락에
내 잠은 그만이나 깊이 들어요
고적한 잠자리에 홀로 누워도
내 잠은 포스근히 깊이 들어요

그러나 자다 깨면 님의 노래는
하나도 남김없이 잃어버려요
들으면 듣는 대로 님의 노래는
하나도 남김없이 잊고 말아요

이 시의 구성은 두 공간, 안과 밖이 마주 대하고 있는 양상이다. 2연에서는 '문밖'의 공간이, 3연에서는 '잠자리'로 표상되는 문안의 공간이 나타난다. 시적 화자는 낮부터 저물 때까지 '문밖'에 서서 님의 노래를 듣고, 밤에는 그 '노래가락'에 취해 '잠자리'에 누워 포스근히 잠든다. 잠은 일상적인 공간에서 초월적인 공간으로 이동하는 문의 역할을 한다.

　특히 이 초월적인 공간과 관련하여 '혼자' 혹은 '홀로'라는 부사어에 주목할 필요가 있다. 이 부사어는 소월시의 많은 부분에서 고립 의지를 강화한다. '혼자'의 세계는 소월시의 화자들에게 있어서는 상처받은 의식을 치유할 수 있는 도피처로서의 세계이며, 동시에 휴식의 세계이기도 하다. 화자는 도피처이자 휴식처인 초월의 공간에서 고귀하고 절대적인 님을 만나게 되는 것이다.

　그러다가 잠에서 깨어나면, 님의 노래가 하나도 기억나지 않는다. 나와 님을 연결해 주고 있던 노래를 잊어버린다는 것은 그 자체가 님의 소멸이며 사라짐이다.

실제(失題) (1)

동무들 보십시오 해가 집니다
해 지고 오늘날은 가노랍니다
윗옷을 잽시 빨리* 입으십시오
우리도 산마루로 올라갑시다

동무들 보십시오 해가 집니다
세상의 모든 것은 빛이 납니다
이제는 주춤주춤 어둡습니다
예서 더 저문 때를 밤이랍니다

동무들 보십시오 밤이 옵니다
박쥐가 발부리에 일어납니다
두 눈을 인제 그만 감으십시오
우리도 골짜기로 내려갑시다

시적 화자는 산마루에 올라 현란한 해넘이를 구경한 다음, 밤이 되어 골짜기로 내려온다. 그런데 여기에는 대비되는 행동이 앞뒤로 배치되어 있다. 낙조를 구경하려고 재빨리 옷을 입고 산마루로 향하는 행동과 눈을 감고 골짜기로 내려오는 행동이 극명하게 대조를 이룬다. 앞의 시간은 밝고 활동적인 상승감이, 뒤의 시간은 어둡고 침묵하는 하강감이 지배한다.

　상승감과 하강감 사이에는 일몰에서 느끼는 감각적 황홀감이 놓여 있다. 그것은 '세상의 모든 것'(6행)이 빛나는 황홀감이다. 최후의 만찬과 같은 마지막 불꽃이, 마지막 순간의 절정이 주는 쾌락에 화자는 몸을 내맡긴 것이다. 아마도 현실에서 느끼는 출구 없음은 이런 쾌락에 몸을 맡기는 원인일 것이다.

　상승감, 황홀감, 하강감의 3단 구조로 이루어진 이 시는 방황하다 파멸에 이르는 젊은 세대들의 모습을 보여준다. 제어하기 힘든 젊음에 동반하는 상승감과 아편이나 마약과 같은 환각제가 주는 황홀감은 망가진 육신과 정신에서 오는 하강감으로 이어진다. 지금이나 백 년 전이나, 방황하는 젊은이들의 의식 구조와 행동 양태는 너무도 닮은 모습이다.

＊ 잽시 빨리 : 잽싸고 빠르게.

님의 말씀

세월이 물과 같이 흐른 두 달은
길어둔 독엣물도 찌었지마는
가면서 함께 가자 하던 말씀은
살아서 살을 맞는 표적이외다

봄풀은 봄이 되면 돋아나지만
나무는 밑그루를 꺾은 셈이요
새라면 두 죽지가 상한 셈이라
내 몸에 꽃필 날은 다시 없구나

밤마다 닭소리라 날이 첫 시(時)면
당신의 넋맞이로 나가볼 때요
그믐에 지는 달이 산에 걸리면
당신의 길신가리* 차릴 때외다

세월은 물과 같이 흘러가지만
가면서 함께 가자 하던 말씀은
당신을 아주 잊던 말씀이지만
죽기 전 또 못 잊을 말씀이외다

김동인은 이 시를 시골 과부의 노래를 새로운 표현 방식으로 재현한 재래적인 민요라고 했다. 과연 이 시에는 죽은 님을 못 잊어 애끓는 세월을 보내는 여성 화자가 등장한다. 화자에게 죽은 님은 끝내 잊지 못할 존재이다.

　그런데 '가면서 함께 가자 하던 말씀'(3행과 14행)이라는 시구는, 섣부른 해석을 막으면서, 시 전체에 묘한 파장을 일으킨다. '가면서'라는 시어가 앞에 놓이면서 님의 말씀은 임종 직전의 유언처럼 들리기도 한다. 님은 저승길을 '함께 가자'고 하는 것이다.

　여기서 우리는 지극히 나약하지만 지극히 인간적인 님의 모습을 본다. 동반자 없이 혼자서 가야 할 저승길에 대한 두려움이 '함께 가자'는 말에 진하게 스며 있다. 화자도 그 두려움을 알기에 떠나가는 님을 생각하면 더욱 애가 끓는다. 화자가 행하는 '넋맞이'(10행)와 '길신가리'(12행)는 죽음 저편에 대한 두려움을 달래주는 의식이다.

　이렇게 볼 때, 이 시는 죽은 님을 그리워하는 여성 화자의 슬픈 노래이면서, 동시에 죽음과 저승 세계에 대한 두려움의 노래라고 할 수 있다.

＊길신가리 : 평안도에는 죽은 사람의 갈 길을 인도하기 위해 소경을 데려다가 '길신 가린다'라고 하는 풍습이 있다고 하는데 '길신가리'는 여기서 유래한 말로 보임.

님에게

한때는 많은 날을 당신 생각에
밤까지 새운 일도 없지 않지만
아직도 때마다는 당신 생각에
축업은* 베갯가의 꿈은 있지만

낮모를 딴 세상의 네길거리에
애달피 날 저무는 갓 스물이요
캄캄한 어두운 밤 들에 헤매도
당신은 잊어버린 설움이외다

당신을 생각하면 지금이라도
비오는 모래밭에 오는 눈물의
축업은 베갯가의 꿈은 있지만
당신은 잊어버린 설움이외다

7·5조 정형률로 된 연가풍의 시이다. 가슴속에서 고요히 샘솟듯 하는 설움이 '당신은 잊어버린 설움이외다'라는 표현 속에 가만히 들어앉아 있다. 나를 알아보지 못하는 '낯모를 딴 세상'(5행) 즉 이방의 땅에서 갓 스물 젊은이가 지나간 사랑을 생각한다.

　'캄캄한 어두운 밤'(7행)의 들판으로 묘사된 이방의 땅은, 그곳에서의 힘든 생활은, 많은 밤을 지새우게 했던 사랑마저도 잊게 만든다. 아직은 가끔씩 베갯머리를 적시게도 하지만 사랑은 이미 지나가 버렸다. 가혹한 이방의 현실 속에서 지나간 사랑은 '잊어버린 설움'(8, 12행)일 뿐이다. 사랑을 추억할 한 뼘 여유마저 허락되지 못한 현실인 것이다.

　어쩌면 자신감 넘치고, 당돌하고, 무모한 젊음마저도 가혹한 현실을 만났을 때 이렇게 되는 것일까? 폭풍처럼 거칠 것 없어야 하는 스무 살인데, 가혹한 현실은 젊은 날의 사랑마저 힘을 잃고 시들게 한다. '비오는 모래밭에 오는 눈물'(10행)이라니, 갓 스물에게는 너무 애잔한 서정이다.

＊**축업은**: '축축하다'의 뜻을 가진 평안도 지방의 방언.

마른 강 두덕*에서

서리 맞은 잎들만 쌔울지라도*
그 밑에야 강물의 자취 아니랴
잎새 위에 밤마다 우는 달빛이
흘러가던 강물의 자취 아니랴

빨래 소리 물소리 선녀의 노래
물 싯치던* 돌 위엔 물때뿐이라
물때 묻은 조약돌 마른 갈숲이
이제라고 강물의 터야 아니랴

빨래 소리 물소리 선녀의 노래
물 싯치던 돌 위엔 물때뿐이라

이 시의 제목은 원래 띄어쓰기가 되어 있지 않았다. 그런데 보통은 이를 '마른 강두덕'으로 끊어 읽었다. 하지만 이보다는 '마른강 두덕'으로 끊어 읽어야 시적 긴장감이 훨씬 더한다. 왜냐하면 강두덕의 마름은 평범한 일이지만, 강 자체의 마름은 평범한 일이 아니기 때문이다. '마른 강', 즉 강물이 흐르지 않는 강은 이미 강이 아니다. '마른 강'은 그 자체로서 이미 심각한 역설을 내포하며, 그 역설은 시적 긴장감을 유지시키는 기반이 된다.

그렇다면 '마른 강'의 시적 의미는 무엇일까? 문학 속에서, 강은 일반적으로 자연의 강인 동시에 시간과 역사의 흐름에 대한 상징이다. 이 시의 '마른 강'도 역사의 단절 혹은 피폐함이라는 상징성을 갖고 있다. 강물 소리를 통해 듣던 '선녀의 노래'(5행)는 유구한 역사를, '물때 묻은 조약돌'(7행)은 강물의 흔적, 곧 역사의 흔적을 상징한다. 또한 '강물의 터'(8행)는 역사의 현장을 의미한다.

결국 두덕에 앉아서(혹은 서서) '마른 강'을 내려다보는 화자는, 흔적만 남은 채 단절되어 버린 역사를 안타깝게 지켜보는, 사회·역사적 의미의 화자이다.

＊두덕: '언덕'을 의미함. 소월시에서는 '두덕', '둔덕', '두덩' 등이 함께 쓰이고 있음.
＊쌔울지라도: '쌓일지라도'의 의미.
＊싯치던: '스치던', '씻던' 등으로 풀이하지만, 정확한 의미는 알 수 없음.

봄밤

봄밤
밤
꿈꾼 그 옛날
꿈으로 오는 한 사람

봄밤

실버드나무의 검으스렷한 머리결인 낡은 가지에
제비의 넓은 깃나래의 감색(紺色) 치마에
술집의 창 옆에, 보아라, 봄이 앉았지 않는가.

소리도 없이 바람은 불며, 울며, 한숨지어라
아무런 줄도 없이 섧고 그리운 새카만 봄밤
보드라운 습기는 떠돌며 땅을 덮어라.

시적 화자는 실버드나무의 낡은 가지, 제비 꼬리(감색 치마), 술집 창 옆에서 봄을 확인하려 든다. 그런데 봄이 아직 가까이 오지 않았나 보다. 봄이 와 머문다는 사물들은 왠지 밝고 활기찬, 생동감 넘치는 봄기운과는 거리가 멀다. 새싹이 움트는 물오른 가지가 아니라 '검으스럿한 낡은 가지'이며, 지지배배 봄을 노래하는 제비의 주둥이가 아니라 제비 꼬리이며, 취객의 술주정이 들릴 것 같은 술집 창가이다. 이런 사물들에서 회색 빛깔에 가까운 화자의 우울한 심리가 엿보인다.

　아니나 다를까, 2연에서는 화자의 우울한 심리가 직접적으로 드러난다. 설움과 그리움이 까닭 없이 차오르고, 우는 듯 한숨짓듯 바람이 분다. 2연 첫 행에는 역설적 표현이 쓰였다. '소리도 없는 바람'이 '울며 한숨짓는다'라고 표현한 것이다. '소리 없는 바람'은 자연의 바람이고, 울며 한숨짓는 바람은 화자의 마음속에 부는 바람이다. 봄밤의 분위기가 보드랍고 온화하면 할수록 화자의 서러움과 그리움은 사무치게 된다. 통로가 막히고, 소망을 키워갈 수 없던 시대의 젊은이들에게 봄밤의 '보드라운 습기'(6행)는 오히려 한숨이며, 절망이 아니겠는가?

밤

홀로 잠들기가 참말 외로워요
맘에는 사뭇 차도록 그리워와요
이리도 무던히
아주 얼굴조차 잊힐 듯해요.

벌써 해가 지고 어두운데요,
이곳은 인천에 제물포, 이름난 곳,
부슬부슬 오는 비에 밤이 더디고
바닷바람이 춥기만 합니다.

다만 고요히 누워 들으면
다만 고요히 누워 들으면
하이얗게 밀어드는 봄 밀물이
눈앞을 가로막고 흐느낄 뿐이야요.

이 시는 '어둠에 잠긴 차가운 바다' 이미지를 밑바닥에 깔고 있다. 이러한 바다의 이미지는 두려움과 비탄에 빠진 화자의 마음속 풍경에 가깝다. '인천에 제물포'(6행)라는 시구를 통해 환기되는 물의 이미지가 밤의 이미지에 뒤섞이면서, 밤은 홀로 잠들기 외로운 밤이 된다.

　2연에서 화자는 냉기를 느낀다. 냉기는 물(바다+비)과 밤이 뒤섞여 만들어내는 두려움과 비탄의 촉각적 표현이다. 옛사랑의 얼굴조차 떠오르지 않을 만큼 화자를 압박해 온다. 그런데 3연의 '하이얗게 밀어드는 봄 밀물'은 '어둠에 잠긴 바다' 이미지와 극명하게 대조된다. 그 둘을 환상 세계와 현실 세계라고 했을 때, 소월은 이 시에서도 역시 현실과 환상의 경계 지점에서 머뭇거리며 흐느끼고 있다.

　한편, 2행의 '사뭇 차도록'은 통상 '사무치도록'으로 잘못 읽어왔는데, 이보다는 『진달래꽃』 원전 표기를 존중할 필요가 있다. 즉 '사무치도록'의 추상어 대신에 '사뭇 차도록'의 감각어로 읽을 때 시의 맛이 더한다. 즉 마음이 써늘할 정도로 그리움이 짙어져 온다는 의미로 읽는 것이 원전의 의미를 살리는 길이다.

꿈꾼 그 옛날

밖에는 눈, 눈이 와라,
고요히 창 아래로는 달빛이 들어라.
어스름 타고서 오신 그 여자는
내 꿈의 품속으로 들어와 안겨라.

나의 베개는 눈물로 함빡히 젖었어라.
그만 그 여자는 가고 말았느냐.
다만 고요한 새벽, 별 그림자 하나가
창틈을 엿보아라.

첫 부분의, 눈과 달빛이 어우러진 세계는 환상의 세계이다. 〈애모〉라는 시에서도 그랬듯이, 소월은 환상의 세계에서만 님을 만난다. 그렇다면 소월에게 있어서 환상의 세계란 무엇일까? 이곳이 아닌 저곳, 이쪽이 아닌 저쪽에 존재하는 세계임에 틀림없다. 그리고 그곳에 님이 있다.

　그런데 화자가 있는 현실의 세계와 님이 계시는 환상의 세계는 너무 멀다. 현실의 화자가 건너기에는 불가능한 거리이다. 오직 님의 의지와 생각으로만 극복될 수 있는 거리이다. 여기서 소월의 눈물이 시작된다.

　님과 화자의 만남은 늘 님의 '오심'을 통해 이루어진다. 눈이 내리고, 달빛이 들고, 혹은 어스름이 깔리면, 님은 그것을 타고 화자에게로 온다. 님이 건너왔을 때 현실 세계는 환상의 세계로 변한다.

　그리고 님이 떠나버리면, 환상의 세계도 사라진다. 그 자리에 남는 것은, 밝게 빛나는 별이 아니라, '별 그림자'(7행)이다. 그림자를 드리운 별이 창틈으로 스며들 때, 화자는 현실의 세계로 돌아온다. 결국 화자는 척박한 현실 속에서, 환상의 동화 나라를 꿈꾸고 있는 셈이다. 그러니 정신적 괴리감이 클 수밖에 없다.

꿈으로 오는 한 사람

나이 차라지면서* 가지게 되었노라
숨어 있던 한 사람이, 언제나 나의,
다시 깊은 잠속의 꿈으로 와라
붉으렷한 얼굴에 가늣한 손가락의,
모르는 듯한 거동도 전날의 모양대로
그는 야젓이* 나의 팔 위에 누워라
그러나, 그래도 그러나!
말할 아무것이 다시 없는가!
그냥 먹먹할 뿐, 그대로
그는 일어라. 닭의 홰치는 소리.
깨어서도 늘, 길거리에 사람을
밝은 대낮에 빗보고는 하노라

화자는 꿈속에서 한 사람을 만난다. 그 사람은 친구인듯, 연인인듯, 내 팔에 가만히 눕는다. 누워서는 아무런 말도 하지 않는다. 친구처럼 다정하지만 망설임이 느껴진다. '그러나, 그래도 그러나!'(7행)는 망설임의 표현이다. 망설이다가 결국은 아무 말 못하고 일어난다.

　그 순간 닭의 홰치는 소리가 들린다. 홰소리는 현실과 환상의 세계를 가로지르며 현실적인 자아를 흔들어 깨운다. 잠에서 깨어서도 환상 세계의 환영은 그를 자유롭게 놓아주지 않는다. 아니 어쩌면 화자가 환상 세계의 끝을 잡고 애써 몸부림치고 있는 것인지도 모른다. 그래서 '모르는 듯한 거동'(5행)도 애써 '전날의 모양'(5행) 그대로라고 우기는 것인지도 모른다.

　어린이들의 동화적 환상 세계는 성장하면서 차츰 현실 세계로 바뀌어 간다. 그러나 어떤 이들은 현실 세계로의 변화를 두려워하고 거부한다. 피터팬의 세계에서 영원히 살아가길 바라지만, 어느 순간 현실 세계로 내던져진 존재의 두려움, 이것이 사물을 바로 보지 못하고, '빗보'(12행)게 되는 원인일 것이다.

＊ **차라지면서**: (나이가) 차게 되면서
＊ **야젓이**: 얌전히 차분하게. '의젓이'의 작은 말.

두 사람

눈 오는 저녁
자주 구름
두 사람
닭소리
못 잊어
예전엔 미처 몰랐어요
자나 깨나 앉으나 서나
해가 산마루에 저물어도

눈 오는 저녁

바람 자는 이 저녁
흰눈은 퍼붓는데
무엇하고 계시노
같은 저녁 금년(今年)은……

꿈이라도 꾸면은!
잠들면 만날런가.
잊었던 그 사람은
흰눈 타고 오시네.

저녁때. 흰눈은 퍼부어라.

방 밖에 소리 없이 눈이 내린다. 그냥 내리는 것이 아니라 마구 퍼붓는다. 눈이 내리면 소월의 화자들은 님을 만날 채비를 한다. '잊었던'(7행) 님을 생각하고 그리워하기 시작한다. 그렇게 그리움이 쌓여 한계점에 도달하면 님은 흰눈을 타고 꿈으로 온다.

　이 시에서 눈은 그리움과 추억을 불러일으키는 일반적 속성 그대로 사용되고 있다. '같은 저녁'(4행)이라는 시구에는 무수한 이야기들이 둥지를 틀고 들어앉아 있는 듯하다. 오늘과 같은 그날 저녁이라도 좋고, 혹은 그날과 같은 오늘 저녁이라도 괜찮다. 아무튼 눈이 억수로 퍼붓기 시작하자 그날과 오늘은 같은 저녁이 된다. 환상과 현실이 교접하는 순간이다.

　그렇게 님을 만날 채비가 끝나자, 눈 내리는 방 밖의 공간이 어느새 방 안의 공간으로 전환된다. 방 안의 공간은 이미 '흰눈 타고'(8행) 오는 '그 사람'을 만나는 꿈의 공간이 된다. 방 밖에서 흰눈이 계속 퍼부어 주기만 한다면 님과의 꿈같은 시간은 지속될 수 있다.

자주 구름

물 고운 자주(紫朱) 구름,
하늘은 개여 오네.
밤중에 몰래 온 눈
솔숲에 꽃피었네.

아침볕 빛나는데
알알이 뛰노는 눈

밤새에 지난 일은······
다 잊고 바라보네.

움직거리는 자주 구름.

서정시는 자연을 노래하는 경우가 많다. 그러나 자연을 그 자체로만 노래하는 경우는 드물다. 소월도 자연을 많이 시화하고 있는데, 그것이 자연 자체로 노래된 경우는 드물다. 아니 거의 없다. 그런데 이 작품에서만은 다르다.

그런 면에서 〈자주 구름〉은 소월시 치고 특이한 작품이라고 할 만하다. 화자는 바다 밖의 하늘이 자줏빛으로 변하는 황홀경을 포착한다. 아침노을이 지는 일출의 순간이다. 가까운 솔숲에서는 간밤에 내린 눈이 아침 햇살에 반짝인다. 인간사의 슬픔과 괴로움, 기쁨과 즐거움을 다 잊고, 자연을 있는 그대로 바라보고 있는 것이다.

솔숲에 핀 눈꽃에 아침 볕이 내려와 반짝이는 그 모습이 얼마나 아름다웠으면, 슬픔 많던 소월이 깜박 세상사를 잊어버릴 수 있었을까? 또 멀리 하늘에 배경처럼 깔린 자주 구름(아침노을)은 얼마나 고왔을까? 자연이 아주 드물게 내보이는 황홀한 광경을 직접 볼 수 있다면, 소월처럼 이 답답하고 살기 힘든 세상을 잠시나마 잊을 수 있을 것도 같다.

두 사람

흰눈은 한 잎
또 한 잎
영(嶺) 기슭을 덮을 때.
짚신에 감발하고 길심매고*
우뚝 일어나면서 돌아서도……
다시금 또 보이는,
다시금 또 보이는.

이 시의 핵심 시어는 '돌아서도'(5행)와 '보이는'(6행)이다. '돌아서도'는 잊으려고 애쓰는 마음을, '보이는'은 그래도 잊혀지지 않는 마음을 나타낸다. 화자는 '영(嶺)'(3행)을 사이에 두고, 그리움의 대상과 떨어져 있다. 게다가 영 기슭에는 눈마저 내린다. 그럼에도 불구하고, 화자는 보고 싶은 마음에 행장을 차리고 '우뚝 일어난'다.(5행) 굳은 결의가 엿보인다.

하지만 그뿐. 화자는 '일어나면서'(5행) 곧바로 '돌아서'(5행)지 않을 수 없다. 두 사람 사이를 가로막는 영(嶺)과 눈[雪] 때문만은 아닐 것이다. 아니 그런 현실적 장애물들은 외려 장애 요인이 되지 않을지도 모른다. 그렇다면 화자를 돌아서게 만드는 것은 무엇일까?

그 대답은 존재론적 해석에서 찾아야 될 것 같다. 인간은 원래 극복할 길 없는 고독과 외로움을 가지고 태어난다. 〈산유화〉에서 화자와 산꽃 사이에 가로놓여 있던 거리, '저만치'가 인간과 인간 사이에도 가로놓여 있는 것이다. 결국 모든 인간은 영원한 그리움을 지닌 단독자일 수밖에 없다. 그리고 단독자로서의 고독이 커질수록 그리움의 크기도 커지고, 혼자가 아닌 '두 사람'으로 존재하길 바라는 것이다. 이 시는 바로 그런 인간의 존재론적 그리움을 시화한 것이다.

＊ 길심매고 : 먼 길을 떠날 때 옷 따위를 띠로 동여매고.

닭소리

그대만 없게 되면
가슴 뛰노는 닭소리 늘 들어라.

밤은 아주 새어올 때
잠은 아주 달아날 때

꿈은 이루기 어려워라.

저리고 아픔이여
살기가 왜 이리 고달프냐.

새벽 그림자 산란(散亂)한* 들풀 위를
혼자서 거닐어라.

'저리고 아픔이여/살기가 왜 이리 고달프냐'(6~7행) 이런 직설적인 감정의
토로는 1920년대의 시에 일반적으로 나타나는 현상이다. 그런데, 이렇게도 삶
이 고달픈 이유는 무엇일까? 그것은 일차적으로는 '그대 없음'과 '꿈을 이루기
어려움'에서 오는 고달픔이다.

　2행은 보통 '가슴 뛰노는 닭소리'로 보기도 하지만, 여기서는 『진달래꽃』 원
문 표기를 존중하여 '가슴 뒤노는 닭소리'로 교열하였다. 국어사전에서 '뒤놀
다'는, '안정되지 못하고 몹시 흔들리다'로 뜻풀이 되어 있다. 그렇다면 '가슴 뒤
노는'은 '마음이 흔들리어 몹시 불안정하다'는 의미로 보는 것이 정확할 것이
다. 즉 닭소리는 가슴을 뛰게 하는 긍정적인 청각 이미지가 아니라, 마음을 동
요시켜서 이리저리 방황하게 하는 청각 이미지인 것이다. 새벽을 몰고 오는 일
반적인 의미의 닭소리와는 다른 것이다.

　화자에게는 닭소리가 왜 그렇게 들릴까? 닭소리는 환상의 세계를 깨트려 버
리기 때문이다. 소월시에서 밤이나 잠의 세계는 현실 세계와 대립되는 환상의
세계로 제시된다. 그곳에서 소월의 화자는 즐겁고 행복하다. 그런데 그 즐겁고
행복한 시간을 깨트리는 닭소리라니! 닭소리에 놀라 깨니, 삶은 저리고 아프고,
살기는 고달프다.

＊산란한: 흩어져 어지러운.

못 잊어

못 잊어 생각이 나겠지요,
그런대로 한세상 지내시구려,
사노라면 잊힐 날 있으리다.

못 잊어 생각이 나겠지요,
그런대로 세월만 가라시구려,
못 잊어도 더러는 잊히오리다.

그러나 또 한끝 이렇지요,
"그리워 살뜰히 못 잊는데,
어쩌면 생각이 떠지나요?"

소월시에는 다양한 형태의 반복이 나타난다. 음소·음절·형태소의 반복, 시어와 시구의 반복, 음보의 반복, 행·연의 반복 등이다. 〈못 잊어〉에는 행·연의 반복이 나타난다. 1행과 4행은 단순 반복, 2행과 5행, 3행과 6행은 변화 반복으로 이루어져 있다.

　시의 화자는 떠난 님을 원망하기보다는 세월이 지나면 잊힐 날이 있을 것이라고 믿으려 한다. 그러나 잊힐 날에 대한 스스로의 다짐은 시간이 지날수록 믿을 수 없는 다짐이 되어 간다. 즉 1연의 '사노라면 잊힐 날 있으리다'(완전 잊음)는 2연에서 '못 잊어도 더러는 잊히오리다'(부분 잊음)로 바뀌어 있는 것이다. 이러한 변화 반복은 잊으려고 애쓰면 애쓸수록 잊혀지지 않고, 오히려 강박적인 그리움만 더해가는 화자의 심리를 효과적으로 부각시켜 준다.

　그런데 3연에서 양상이 반전된다. 3연의 화자는 '잊음(혹은 잊혀짐)'의 강박에서 벗어난다. 마음을 비운 것이다. 그러자 님에 대한 강박적인 집착은 절로 물러간다. 화자는 회자정리, 즉 만남 뒤에는 반드시 헤어짐이 찾아온다는 우주적 진리를 깨닫고 평정심에 도달한 것일까?

예전엔 미처 몰랐어요

봄 가을 없이 밤마다 돋는 달도
"예전엔 미처 몰랐어요."

이렇게 사무치게 그리울 줄도
"예전엔 미처 몰랐어요."

달이 암만 밝아도 쳐다볼 줄을
"예전엔 미처 몰랐어요."

이제금 저 달이 설움인 줄은
"예전엔 미처 몰랐어요."

이 시의 화자는 밤하늘의 달을 바라보고 있다. 그런데 화자의 진짜 관심은 그 달에 있는 것이 아니다. 달은 그리움의 대상인 님을 대신한다. 저 멀리 백제의 노래 〈정읍사〉에서 그랬듯이.

　이 시에는 과거의 무감각과 현재의 그리움·서러움이 극적 상황의 대조를 통해 내재화되어 있다. 이를 상황적(극적) 아이러니라 할 수 있다. 이는 두 개의 상황이 완전히 단절되어 있음을 나타내는 데 효과적이다. 이러한 상황적 아이러니에 '예전엔 미처 몰랐어요'라는 어조의 아이러니가 가세하여, 그리움과 서러움의 비극적 정서는 극대화된다.

　영원히 회귀하는 달(1연), 그리움의 모티프로서의 달(2연), 세상을 비추는 월인천강의 달(3연)은 마지막 연에서 설움의 달로 바뀐다. 앞의 세 가지 달이 세계적 보편 상징의 달이라면, 설움의 달은 특수한 한국적 상징이다. 보편 상징을 두루 거쳐 한국적인 상징에 이른 소월, 이런 면에서 소월은 역시 민족적 정한의 시인이다.

자나 깨나 앉으나 서나

자나 깨나 앉으나 서나
그림자 같은 벗 하나이 내게 있었습니다.

그러나, 우리는 얼마나 많은 세월을
쓸데없는 괴로움으로만 보내었겠습니까!

오늘은 또다시, 당신의 가슴속, 속모를 곳을
울면서 나는 휘저어 버리고 떠납니다그려.

허수한* 맘, 둘 곳 없는 심사(心事)에 쓰라린 가슴은
그것이 사랑, 사랑이던 줄이 아니도 잊힙니다.

화자는 떠난 사람에 대한 사랑 감정을 새삼 확인하고 있다. 사랑의 대상이 과거에는 '그림자 같은 벗'(2행)으로만 인식된다. 아니 사랑을 벗이라고 스스로 우기고 있었던 것이다. 그러나 오늘(현재), 이별의 마당에서는, 벗이던 그가 '당신'(5행)이 되어 다가온다. 이별의 고통 앞에서야 겨우 벗이 당신으로 인식되기 시작한 것이다.

2연의 마지막 시어 '보내었겠습니까!'는 참 특이하다. 주체가 '우리'이고, 그것이 과거의 일이라면 당연히 '보냈습니다'로 표현되어야 논리적으로 맞다. 1연에서 '있었습니다'라고 표현했던 것처럼. 그런데 굳이 '−었겠−'의 보조어미를 삽입하여 표현을 뒤틀어 놓았다. 벗인지 사랑인지 구별하지도 못하는 자신의 불투명한 의식 상태를 이런 보조어미 속에서 표현하고 있는 것이다.

순수한 우정을 사랑 감정으로 몰아붙이는 경우도 흔한 것인데, 반대로 사랑 감정을 우정이라 우기는 것은 왜일까? 지고지순한 우정에 대한 착각인가, 아니면 세속적인 사랑에 대한 경계인가? 이도 저도 아니면, 상대방에게 사랑이 받아들여지지 않을 때 상처 입게 될 자존심에 대한 궁색한 배려인가?

---

* 허수한 : 마음이 허전하고 서운한.

해가 산마루에 저물어도

해가 산마루에 저물어도
내게 두고는 당신 때문에 저뭅니다.

해가 산마루에 올라와도
내게 두고는 당신 때문에 밝은 아침이라고 할 것입니다.

땅이 꺼져도 하늘이 무너져도
내게 두고는 끝까지 모두다 당신 때문에 있습니다.

다시는, 나의 이러한 맘뿐은, 때가 되면,
그림자같이 당신한테로 가우리다.

오오, 나의 애인이었던 당신이여.

해가 뜨고 해가 지는 그 모든 현상이 당신 때문에 존재하고, 땅이 꺼지고 하늘이 무너지는 그 모든 슬픔도 당신 때문이라는 진술은, 평범하여 시적인 맛이 별로 없다. 1~3연에 쓰인 '내게 두고는'이라는 표현은 '내게 있어서는' 정도의 의미로 받아들이면 될 것이다.

　그러면 이 시에는 시적 긴장감이 없는 것일까? 그렇지는 않다. 우선 의미상으로 보면, 9행의 '나의 애인이었던 당신이여'라는 표현은 앞에서 진행되어 온 평범한 진술을 일시에 뒤집어엎으면서 시적 긴장감을 부여한다. 즉 현재형이 아닌 과거형의 애인에게서 자신의 모든 의미를 찾는 일은 평범하거나 쉬운 일이 아니기 때문이다.

　또한 운율상, 8행의 '가우리다'에 있는 '우'는 장식적인 효과를 위해 첨가된 조음소로서, 시적인 긴장감의 한 포인트를 형성한다. 이 조음소는 〈진달래꽃〉의 '드리우리다', '뿌리우리다', '흘리우리다' 등에서도 발견되는데, 음악적 효과를 돋구어주기 위해서 첨가된 어음이라고 보면 될 것이다.

무주공산 無主空山

꿈(1)

닭 개 짐승조차도 꿈이 있다고
이르는 말이야 있지 않은가,
그러하다, 봄날은 꿈꿀 때.
내 몸에야 꿈이나 있으랴,
아아 내 세상의 끝이여,
나는 꿈이 그리워, 꿈이 그리워.

닭이나 개 같은 짐승들도 꿈이 있다고들 하는데, 사람으로 태어나 꿈꿀 수 없는 시대를 살아간다는 것은 얼마나 불행한 일일까? 시적 화자는 4행에서 자기에게 한 톨의 꿈도 남아 있지 않다고 하소연한다. 꿈꾸어야 하는 청춘인데 꿈이 없다고 고백한다. '봄날은 꿈꿀 때'(3행)라는 표현 뒤에 이어지는 꿈이 없다는 고백은 절망적 하소연이다. 꿈이 없이 살아가야 할 세상은 황량하기 그지없으며, 그것은 '세상의 끝'(5행)으로 인식된다.

그런데 이 시는 절망으로 끝을 맺지 않는다. 마지막 행에서 화자는 꿈이 그립다고 다시 고백한다. '꿈이 그리워'(6행)라는 최종 고백은 꿈꾸고 싶어 하고 꿈을 갖고 싶어 하는 화자의 몸부림이며 절규이다. 이로 볼 때 그는 스스로 꿈꾸기를 포기한 것이 아니라 외부적 조건에 의해 포기를 강요당하고 있는 것이다.

소월에게 꿈의 포기를 강요했던 외부적 조건이란 무엇일까? 식민지 시대의 엄혹한 현실이었을까, 아니면 개인적인 어떤 문제였을까? 그리고 오늘을 사는 봄날의 청춘들에게 꿈을 포기하게 만드는 외부적 조건들이란 또 무엇일까? 취업과 꿈을 포기하고 알바 인생을 사는 오늘의 젊은 청춘들을 생각하게 하는 시이다.

맘 켕기는 날

오실 날
아니 오시는 사람!
오시는 것 같게도
맘 켕기는 날!
어느덧 해도 지고 날이 저무네!

이 시는 '안 오는 사람', '켕기는 맘', '저무는 날', 즉 대상, 시적 자아, 상황의 세 토막 구조를 이룬다. 이런 의미의 세 토막을 '켕기는'(4행)이라는 시어가 팽팽하게 잡아당기고 있다. '켕기다'는 '팽팽하게 되다, 속으로 슬그머니 겁이 나거나 거리끼다' 등의 의미를 가진 단어로, 여기서는 전자의 의미로 받아들이는 것이 좋을 듯하다. 즉 올 것이라는 믿음과 오지 않는 상황이 팽팽하게 서로를 잡아당기고 있는 것이다.

　이런 팽팽함 속에서 하루가 가고 날이 저문다. 짙어오는 어둠은 화자의 기다림을 무의미한 것으로 만들어 버린다. 팽팽한 줄이 끊어졌을 때 오는 그 허망함과 허탈함이 순간적으로 화자에게 몰려들게 된다. 마지막 행에는 그런 화자의 심리가 응축되어 있다.

　이 시는 평이하고 일반적인 형태소를 적절히 생략하면서도, 대체로 통사적인 서술성을 그대로 유지하고 있다. 서술적 시행들이 율격이나 의미의 강조를 위해 분절되기도 하고 생략되기도 하였던 소월시의 특징을 잘 보여준다.

하늘 끝

불현듯
집을 나서 산을 치달아
바다를 내다보는 나의 신세여!
배는 떠나 하늘로 끝을 가누나!

소월의 아버지는 일제의 하수를 받은 모리배들의 폭행으로 폐인이 되었고, 그의 집안은 소월이 소학교에 다닐 때 몰락의 운명을 맞이하였다고 한다. 폐인이 된 아버지의 불쌍한 모습, 조락해 가는 가정, 더 나아가 기우는 국운, 이런 생각을 할 때마다 소월은 막막하고 암담한 심경에 빠져들었을 것이다. 이런 막막함이 거대한 바위처럼 앞을 막아설 때 사람들은 바다가 보고 싶어진다.

〈하늘 끝〉이라는 4행의 짧은 시는 바로 이런 경험을 생경하게 내뱉은 시로 읽힌다. 저 멀리 수평선에 떠가는 한 척의 배처럼, 막힌 상황에서 벗어나 다른 세계로 자유롭게 떠나가는 일탈의 꿈을 꾼다. '집'으로부터 벗어난 화자는 일탈의 공간인 '산', '바다', '하늘'로 이동한다. '산을 치달아'(2행)는 일탈의 힘과 의식의 역동성을 표현하는 것이다.

하지만 의식의 역동성은 오래 가지 못한다. 4행의 '하늘 끝'으로 표출되는 막막한 거리감은 의식의 역동성을 주춤하게 만드는 요인이 된다. 주춤거림이 다시 역동성으로 바뀌려면 정신적인 성숙의 시간이 필요하다. 하지만 요절한 소월에게는 성숙의 시간이 허락되지 않았다.

개아미

진달래꽃이 피고
바람은 버들가지에서 울 때,
개아미는
허리 가늣한 개아미는
봄날의 한나절, 오늘 하루도
고달피 부지런히 집을 지어라.

이 시에서 화자는 개미를 관찰한다. 가는 허리를 하고 개미는 진종일 집을 짓는다. 개미의 노동은 '고달피 부지런히'(6행) 계속된다. 그것은 끝나지 않고 반복된다. 반복되는 일상이다. '오늘 하루도'(5행)라는 시구가 그 반복성을 표현한다. 반면 진달래 피고 봄바람이 버들가지를 흔드는 화사한 봄날은 지금 이때 즐기지 않으면 어느 순간 증발하듯 사라져 버린다. 그런데도 화사한 봄날을 즐기지 못하고 반복적인 노동에 얽매여 있어야 하는 것이 현실이다.

오래 전에 자주 부르던 민중가요 중에도 이와 유사한 정서를 표현한 노래가 있다. 그 후 대중가요로도 리메이크 되었던 〈사계〉라는 노래인데, 첫 시작 부분은 "빨간 꽃 노란 꽃 꽃밭 가득 피어도, 하얀 나비 꽃나비 담장 위에 날아도, 따스한 봄바람이 불고 또 불어도, 미싱은 잘도 도네 돌아가네"로 시작된다. 꽃피고 나비가 나는 화사한 봄날에도 끝없이 밀려드는 미싱 작업에 붙들려 젊음을 소모하듯 흘려보내야 했던 슬픈 청춘들을 위한 노래였다. 무심히 잘도 돌고 있는 미싱이 반복적 시간의 비극성을 극명하게 표현했다. 그리고 빠르고 경쾌한 리듬은 그것을 더욱 배가했다.

봄날의 화사한 순간성이 노동의 고달픈 반복성과 상충될 때 거기에서 비극적 시간 인식이 싹튼다. 화자의 비애는 바로 여기에서 기인하는 것이라고 할 수 있다.

제비

하늘로 날아다니는 제비의 몸으로도
일정(一定)한 깃을 두고 돌아오거든!
어찌 설지 않으랴, 집도 없는 몸이야!

소월은 자연과 인간을 대립적인 관계로 파악하지 않는다. 소월에게 자연은 자신의 심정을 투영하는 대상이었다. 자연을 통해 소월은 자신의 심정을 여과하고 마음을 가다듬는 기회를 갖는다. 자연과의 융합의 모티프는 대부분의 소월시에서 나타난다. 하지만 소수의 몇 작품에서는 자연과 인간을 대립적 관계 속에 설정하여 인간으로서의 한계와 식민지인이 가질 수밖에 없는 현실적인 삶의 모습을 오히려 강하게 드러내는 경우도 있다. 〈제비〉도 그런 몇 안 되는 작품 중 하나이다.

하늘을 날아다니는 제비에게도 '일정한 깃'(2행)이 있다. '깃'이란 외양간, 마구간을 뜻하며, 혹은 둥우리에 까는 마른 짚이나 풀을 일컫기도 한다. 시 속에서는 제비의 둥지를 말하며, 제비로서는 날개를 접고 쉴 수 있는 보금자리인 셈이다.

그러나 시의 화자는 제비만도 못하여 돌아갈 수 있는 자리가 보이지 않는다. 일탈과 돌아옴이 삶의 일상적인 궤적이라면, 이 시의 화자는 그런 일상적인 삶의 궤적이 파괴되거나 봉쇄된, 슬픈 존재이다. 그래서 서럽다.

부엉새

간밤에
뒤창 밖에
부엉새가 와서 울더니,
하루를 바다 위에 구름이 캄캄.
오늘도 해 못 보고 날이 저무네.

간밤에 뒤창 밖에서 부엉새가 울었다. 그러더니 온종일 바다 위로 구름만 캄캄하였다. 이 시는 부엉새의 울음과 캄캄한 하루라는 아주 무관한 사실을 인과관계로 맺어 놓았다. 불교적 인연설은 굳이 거론하지 않더라도, 서정주의 시를 말하지 않을 수는 없을 듯하다.

한송이의 국화꽃을 피우기 위해
봄부터 소쩍새는
그렇게 울었나 보다

한송이의 국화꽃을 피우기 위해
천둥은 먹구름 속에서
또 그렇게 울었나 보다.

대표적인 한국의 명시 〈국화 옆에서〉의 1연과 2연이다. 소쩍새의 울음과 국화꽃의 개화, 천둥과 국화꽃의 개화를 인과관계로 묶어 놓은 것이 소월의 시 〈부엉새〉와 너무도 흡사하다. 다만 서정주 시에서는 새 울음소리가 성숙이라는 긍정적 이미지와 연결되어 있는 반면, 소월의 시에서는 캄캄한 하루라는 부정적 이미지와 연관을 맺는다는 차이가 있다.

부엉새의 울음소리에서 인과된 '캄캄함'은 일회성으로 끝나지 않는다. '구름이 캄캄'(4행)하다는 표현은 화자의 암울한 심리상태를 보여준다. '오늘도'(5행)라는 시어를 통해 그 지속성을 확인할 수 있다. 서정주의 소쩍새 울음은 상황을 변화시키는 강한 생명력을 갖고 있지만, 소월의 부엉새는 그렇지 못한 것이다. 시대의 어둠이 그만큼 더 짙기 때문일까? 아니면, 화자의 개인적인 성향일까?

만리성

밤마다 밤마다
온 하루밤!
쌓았다 헐었다
긴 만리성(萬里城)!

단순 간결한 반복과 대구 형식 속에 시적 화자의 갈등과 고뇌를 담고 있는 시이다. '만리성'이라는 시어는 얽히고설킨 깊은 인연에 대한 관습적 상징이다. 하지만 사실은, 고비사막의 모래언덕처럼 하룻밤 사이에 쌓이기도 하고 사라지기도 하는 허망한 존재로 인식되기 일쑤이다. 바람이 모래언덕을 쌓았다 헐었다 하듯이, 생각이 만리성을 '쌓았다 헐었다' 한다. 생각은 밤새 쉼이 없었지만, 날이 새면 남는 것이 하나도 없다.

　자신의 생각과 감정을 솔직하게 드러내는 것을 금기시하던 한국인에게 있어서, 생각으로 쌓았다 헐어내는 만리성은 일상 그 자체였다. 사랑 감정에서는 특히 더 그랬다. 만리성은 어쩌면 전통적인 행동 규범이 만들어낸 한국인의 갈등과 고뇌의 상징 그 자체인지도 모른다. 이 시에서 시화된 '만리성'도 바로 한국인의 심리적 갈등과 고뇌에 대한 보편적인 상징인 것이다.

수아*

설다 해도
웬만한,
봄이 아니어,
나무도 가지마다 눈을 텄어라!

아래는 이 시가 처음 『개벽』(1922년 1월호)에 발표되었을 때의 모습이다.

웬만한 설은 봄은 아니여!
나무가지 가지마다 눈을 텃어라,
내 가슴에도 봄이 와서
지금 눈을 트랴고 하여라.

　평범한 서술형의 4행 시가 시집 『진달래꽃』에 실리면서 환골탈태한 모습은 사뭇 놀랍다. 『개벽』때의 첫 행은 『진달래꽃』에서 3개 행으로 나누어졌다.

　'설다 해도'에서 '설다'는 통상 '서럽다' 정도로만 해석되어 왔다. 소월을 눈물과 감상의 시인으로 보는 선입견이 작용한 때문이다. 그러나 '설다'는 낯설다, 설익다 등에서처럼 아직 '덜 익다, 깊이 들지 않다. 혹은 서투르다' 등의 의미도 함께 지닌다고 보아야 한다. 2행의 '웬만한'은 『개벽』지에 실렸던 시로 보거나, 또는 '웬만한' 뒤의 쉼표로 볼 때, '설다'와 관련된다. 3행의 '봄이 아니어'는, 문득 봄이라는 사실을 깨닫는 순간, 입 밖으로 흘러나오는 감흥의 표현인 것이다.

　전체적으로, "그저 그만하여 아직 깊지는 않지만 봄이 아닌가!"라는 의미로 이해되는 시이다. 채 도래하지 않은 봄을 봄으로 인식하려는 적극성을 보여주고 있는 것이다. 경험 세계를 긍정적으로 보려는 의식이 이채롭고 특이하다.

＊수아: 나무의 새싹

한때 한때

담배

나의 긴 한숨을 동무하는
못 잊게 생각나는 나의 담배!
내력(來歷)을 잊어버린 옛 시절에
났다가 새없이* 몸이 가신
아씨님 무덤 위의 풀이라고
말하는 사람도 보았어라.
어물어물 눈앞에 스러지는 검은 연기(煙氣),
다만 타붙고 없어지는 불꽃.
아 나의 괴로운 이 맘이어.
나의 하염없이 쓸쓸한 많은 날은
너와 한가지로 지나가라.

허무적인 인간 존재의 모습을 그리고 있는 시이다. 인간 존재는 '담배'와 같다. 담배처럼 하염없이 타들어가다가 끝내 소진되어 버리는 그런 것이다. 이 시에서 노래하는 인간의 삶은 그처럼 허망하고 허무하다. 소월이 〈황촉불〉이라는 시에서 보여주는 것도 바로 이런 허무주의적 인간관이다.

　전설에서도 담배는 '무덤 위의 풀'(5행)이다. 그것도 일찍 죽은 '아씨님 무덤'에 나는 풀이다. 그만큼 담배라는 것은 오래 전부터 허망하고 허무한 삶과 연결되어 있다. '하염없이 쓸쓸한 많은 날'(10행)은 허무주의적 인간관의 명시적 진술이다.

　인간 존재의 상징인 담배는 '어물어물 눈앞에 스러지는 검은 연기(煙氣) / 다만 타붙고 없어지는 불꽃'(7~8행) 등으로 반복되고 확대된다.

＊ 새없이 : 바쁘게. 혹은 주책없고 분수없게.

실제(2)

이 가람과 저 가람이 모두처 흘러
그 무엇을 뜻하는고?

미더움을 모르는 당신의 맘

죽은 듯이 어두운 깊은 골의
꺼림칙한 괴로운 몹쓸 꿈의
퍼르죽죽한 불길은 흐르지만
더듬기에 지치운 두 손길은
불어 가는 바람에 식히셔요

밝고 호젓한 보름달이
새벽의 흔들리는 물 노래로
수줍음에 추움에 숨을 듯이
떨고 있는 물밑은 여기외다.

미더움을 모르는 당신의 맘

저 산과 이 산이 마주서서
그 무엇을 뜻하는고?

1연과 마지막 연에서 가람과 산은 각각 '이'와 '저'에 의해서 타자화 되었다가 다시 합쳐짐('모두처')과 마주섬('마주서서')을 통해서 화합(하나됨)에 이른다. 하나됨의 이미지를 변화를 통해 반복하는 이유는 시의 의미를 강조하고 리듬감을 고조시키기 위함일 것이다.

　가람과 산들의 하나됨은 화자의 처지와 크게 대비된다. 님('당신')은 '미더움'을 모르는 존재(3, 13행)이고, 화자는 그런 님 때문에 힘들고 괴롭다. '몹쓸 꿈'(5행)에 시달리기도 하고 새벽에 깨어나기도 한다. 새벽에 깨어 보는 자신의 모습이 흡사 '물밑'(12행)에 잠겨 추위에 떠는 보름달같기도 하다. 이런 화자에게 산과 강이 화합의 이미지로 확대되어 다가오는 것이다. 특정 이미지의 확대 재생산은 그것의 부재와 관련된다.

　이 시는 화합의 부재를 화합의 이미지가 앞뒤에서 감싸고 있는 구성을 취한다. 화합의 이미지가 화합의 부재에서 오는 마음의 동요를 차분하게 가라앉히고 있는 형식이다. 그래서일까, 이 시의 화자는 감정의 격정적인 움직임 없이 자신의 모습을 응시할 수 있다.

어버이

잘 살며 못 살며 할 일이 아니라
죽지 못해 산다는 말이 있나니,
바이 죽지 못할 것도 아니지마는
금년에 열네 살, 아들딸이 있어서
순복이 아버님은 못 하노란다.

소월은 슬프고 힘든 우리 이웃의 안타까운 사연을 노래한 경우도 많았다. 이 시에도 지독한 가난에 시달리는 '순복'이네가 등장한다. 삶의 고통이 죽음의 고통보다 더 크지만, '순복이 아버님'(5행)은 차마 죽지 못한다. 죽음보다 더한 고통을 감내하게 만드는 것은 본능적이고 원초적인 부성애이다.

하지만 이 시는 그것으로 끝나지 않는다. 바로 식민지 백성의 궁핍하고 처절한 삶의 모습이 한 개인의 원초적인 부성애 속에 밑그림처럼 그려져 있다. 구체적인 특정인인 '순복이 아버님'은 오히려 우리 민족 전체를 환기하는 시어로 기능한다. 순복이 아버님이 살던 시대는 바로 소월이 살던 식민지 시대이다. 죽지 못해 사는 식민지 백성에 대한 소월의 안타까운 시선이 느껴진다.

부모

낙엽이 우수수 떨어질 때,
겨울의 기나긴 밤,
어머님하고 둘이 앉아
옛이야기 들어라.

나는 어쩌면 생겨나와
이 이야기 듣는가?
묻지도 말아라, 내일 날에
내가 부모 되어서 알아보랴?

대중가요로 작곡되어 널리 알려진 시이다. 〈부모〉라는 제목 때문에 사모곡 내지는 사부곡이라고 생각하는 사람들도 있다. 그러나 원래 소월시의 내용은 그것과 거리가 멀다.

　시의 1~2행에서 시간은 순식간에 한 계절을 건너뛴다. 가을이 겨울로 덧없이 흐른 것이다. 무상한 세월의 흐름에 의탁된 옛이야기는, 태어나고 죽고 하는 인간 존재에 대한 이야기일 것이다. 2연에서 그런 이야기의 내용을 직접 확인할 수 있다.

　그런데 화자는, 그런 이야기를 들으면 들을수록, 거기서 더 큰 의문이 생김을 깨닫는다. 의문은 꼬리에 꼬리를 무는 법이다. 하지만 화자는 의문에 대해 조급함이 전혀 없다. 아주 느긋하다. 서두르지 않는 동양적 관조의 태도라고 하거나 아니면 삶에 대한 초월이라 해야 할 것 같다. 아무튼 화자는 존재에 대한 의문을 가슴 깊이 안고 느긋하게 삶에 임한다. 마치 화자와 화자 자신의 삶이 '저만치' 떨어져 있기나 한 듯이…….

후살이

홀로된 그 여자
근일에 와서는 후살이 간다 하여라.
그렇지 않으랴, 그 사람 떠나서
이제 십 년, 저 혼자 더 살은 오늘날에 와서야……
모두 다 그럴듯한 사람 사는 일레요.

화자는 어느 과부가 후살이 간다는 소문을 듣는다. 그 과부는 남편을 잃은 지 벌써 십 년이다. 그 십 년이란 세월은 남편과 같이 산 세월보다 더 긴 세월이었다. 4행의 '저 혼자 더 살'았다는 표현에서 그것을 알 수 있다. 남편에 대한 기억을 잊을만큼 잊을 수 있는 세월이 지난 것이다.

　그런 여자가 개가한다고 했을 때, 화자는 담담하게 그럴 수 있는 일이라고 생각한다. '모두 다 그럴듯한 사람 사는 일레요'(5행)라는 마지막 시행에는, 인생을 깨달은 이의 담담하고 잔잔한 슬픔이 배어 있는 듯하다. 그것은 관습 때문에 속박과 굴레에 갇혀 살아왔던 여인들에 대한 슬픔이며, 나아가 스스로 만든 굴레와 속박들을 벗어던지지 못하고 부자유한 삶을 살아가는 모든 인간들에 대한 슬픔이기도 하다.

잊었던 맘

집을 떠나 먼 저곳에
외로이도 다니던 내 심사를!
바람 불어 봄꽃이 필 때에는,
어쩌타 그대는 또 왔는가,
저도 잊고 나니 저 모르던 그대
어찌하여 옛날의 꿈조차 함께 오는가.
쓸데도 없이 서럽게만 오고 가는 맘.

이 시의 화자는 한결 순화되고 가라앉은 정서를 지니고 있다. 격정으로 일렁거리는 〈초혼〉의 화자와는 큰 대조를 보인다. 님('그대')과 일정한 거리를 유지하고 있기 때문에 가능한 정서이다. 시의 제목이 〈잊었던 맘〉이라는 데서도 님에 대한 심리적 거리 유지를 확인할 수 있다.

그런데 바람이 불거나 꽃이 피는 봄날(3행)이 오면, 잊었던 님이 다시 생각난다. 다시 생각나는 님은 반가움의 대상이 아니라, 타박의 대상이 된다. '어쩌타 그대는 또 왔는가'(4행), '어찌하여 옛날의 꿈조차 함께 오는가'(6행)는 님을 타박하는 표현에 다름 아니다. 그것은 반가움이 아닌 서러움으로만 다가오는 님에 대한 타박인 것이다.

그런데 끝판에는 그 타박이 님에게서 화자 자신에게로 되돌아온다. '쓸데도 없이 서럽게만 오고 가는 맘'(7행)에서 그러한 정황을 눈치챌 수 있다. 결국 님은 떠나고 없는데, 화자가 님을 마음속에서 놓았다 잡았다 하는 것이다. 스스로도 어쩌지 못하고 갈팡질팡하는 화자의 마음을 엿볼 수 있다. 그는 이렇게 잊어버리지 못하는 자신을 타박한다. 잊기가 그렇게 어려운 것이다.

봄비

어룰 없이 지는 꽃은 가는 봄인데
어룰 없이 오는 비에 봄은 울어라.
서럽다, 이 나의 가슴속에는!
보라, 높은 구름 나무의 푸릇한 가지.
그러나 해 늦으니 어스름인가.
애달피 고운 비는 그어 오지만
내 몸은 꽃자리에 주저앉아 우노라.

봄꽃은 대부분 그 잎사귀보다 앞서서 핀다. 목련꽃이 그렇고, 진달래와 개나리가 또한 그렇다. 이 시의 배경은 봄꽃이 지고, 가지들이 나뭇잎으로 푸르러 가는 철 지난 봄이다. 소월은 많은 시에서 가는 봄을, 그리고 지는 꽃들을 노래했다. 한창 개화하여 춘만한 아름다움을 뽐내는 시기의 꽃, 예컨대 '복사나무 살구나무/불그스레 취하였고'의 〈춘강(春崗)〉과 같은 상태의 꽃을 노래한 경우는 드물다.

　이 시는 반복 구조로 이루어져 있다. 1~3행이 5~7행에서 의미상으로 반복되는 것이다. 1~3행에서는 꽃이 지고, 비가 오고, 봄과 내 가슴이 운다. 5~7행에서는 해가 지고, 비가 그치고, 나는 운다. 얼핏 오는 비와 그치는 비가 반대되는 현상처럼 표현되어 있지만, 그것은 시간의 흐름(연장)을 의미할 뿐이다. 시간이 흘렀는데도 화자의 우는 행위가 그치지 않았다는 점에서 그것은 반복이다.

　이런 반복 구조를 통해 강조된 슬픔은 지는 꽃에 비유된 님의 소멸에서 오는 슬픔이다. 이 반복 구조 사이에 4행이 끼어들어 있다. 4행에서는 구름이 높고 가지가 푸르다. 이처럼 푸르른 봄날에 대비되어, 화자의 슬픔과 울음은 격정을 더해간다.

비단 안개

눈들이 비단 안개에 둘리울 때,
그때는 차마 잊지 못할 때러라.
만나서 울던 때도 그런 날이오,
그리워 미친 날도 그런 때러라.

눈들이 비단 안개에 둘리울 때,
그때는 홀목숨은 못살 때러라.
눈 풀리는 가지에 당치맞귀*로
젊은 계집 목매고 달릴 때러라.

눈들이 비단 안개에 둘리울 때,
그때는 종달새 솟을 때러라.
들에랴, 바다에랴, 하늘에서랴,
아지 못할 무엇에 취할 때러라.

눈들이 비단 안개에 둘리울 때,
그때는 차마 잊지 못할 때러라.
첫사랑 있던 때도 그런 날이오
영 이별 있던 날도 그런 때러라.

각 연의 첫 행에서 반복되는 '눈들이 비단 안개에 둘리울 때'는 나뭇가지에 새
싹이 움트는 봄의 어느 한때이다. 봄의 전령 종달새가 치솟아 오르는, 첫봄의 어
느 한때인 것이다. 님과 첫사랑을 나누던 때도(4연), 님과 만나서 울던 때도(1
연), 님과 영 이별을 하던 때도(4연), 그리움에 몸서리치던 때도(1연) 바로 그런
봄날이었다.

이 시는 4연으로, 각 연들은 똑같은 형식의 4행으로 구성되어 있다. 모든 행의
끝에는 각운이 철저히 적용되어 있다. 봄날의 아련한 분위기와 그 분위기에 취
한 젊은이의 잡히지 않은 사랑의 감정이 정형적인 시 형식 속에 표현되어 있다.

소월이 살던 1920년대의 약간은 퇴폐적이면서도 낭만적인 시대상이 시 속에
그대로 드러나 있다. 눈 녹는 나뭇가지에 치맛귀를 뜯어 목을 매는 '젊은 계집'
(7~8행)의 이미지는 특히 허무적이며 퇴폐적이다. 그러면서도 세상은 온통, 들
과 바다와 하늘마저도(11행) 무엇엔가 흥건하게 취해 있다. 정체가 분명치 않은
낭만성에 감염된 것이다.

＊당치맛귀:'당치마'는 여성들이 입던 당의(唐衣)를 말하며, '치맛귀'는 치마의 모서리 부분을
말함.

기억

달 아래 시멋없이* 섰던 그 여자,
서있던 그 여자의 해쓱한 얼굴,
해쓱한 그 얼굴 적이 파릇함.
다시금 실 뻗듯한 가지 아래서
시커먼 머리낄*은 번쩍거리며.
다시금 하룻밤의 식는 강물을
평양(平壤)의 긴 단장은 슷고 가던 때.
오오 그 시멋없이 섰던 여자여!

그립다 그 한밤을 내게 가깝던
그대여 꿈이 깊던 그 한동안을
슬픔에 귀여움에 다시 사랑의
눈물에 우리 몸이 맡기웠던 때.
다시금 고즈넉한 성 밖 골목의
사월의 늦어가는 뜬눈의 밤을
한두 개 등불 빛은 울어 새던 때.
오오 그 시멋없이 섰던 여자여!

이 시의 화자는 객관적인 거리를 사이에 두고 한 여자를 관찰한다. 그 관찰은 현재의 행위가 아니라, '기억' 속의 행위이다(제목이 '기억'임). 이렇듯 화자는 공간적 거리와 시간적 거리를 사이에 두고 대상으로부터 떨어져 있다. 소월의 다른 시와 비교할 때, 독특한 형태의 화자라 하겠다.

　잠이 오지 않는 사월의 봄밤, 평양의 대동강변의 연인들은 강가에서 '슬픔에 귀여움에 다시 사랑의 눈물에'(11~12행) 몸을 맡겨 열병을 앓는다. 그런데 화자만은 애닲은 사랑의 열병에서 한 발짝 벗어나 있다. 6행의 '식은 강물'은 화자의 그런 심리를 반영한다. 사랑의 열병이 식은 평상심의 상태를 표현한 시어인 것이다. 아무튼 '식은 강물'은 흐르지도 않는다.

　수많은 사랑의 번뇌에 시달리고 있을 '해쓱한 얼굴의(2행)' 여인을 '시멋없다' 즉, 아무 생각없다고 표현한 것도 화자의 심리를 나타내는 또 다른 지표이다. 결국 대상에 대한 화자의 객관적 거리두기는 이 시의 기본적인 전술인 셈이다.

＊ **시멋없이**: 슬쓸하게, 망연히, 아무 생각없이.
＊ **머리낄**: '머리카락'의 정주 지방 방언.

애모(愛慕)

왜 아니 오시나요.
영창에는 달빛, 매화꽃이
그림자는 산란히 휘젓는데.
아이. 눈 깍 감고 요대로 잠을 들자.

저 멀리 들리는 것!
봄철의 밀물소리
물나라의 영롱한 구중궁궐, 궁궐의 오요한 곳,
잠 못 드는 용녀(龍女)의 춤과 노래, 봄철의 밀물소리.

어두운 가슴속의 구석구석……
환연한 거울 속에, 봄 구름 잠긴 곳에,
소솔비 내리며, 달무리 둘려라.
이대도록 왜 아니 오시나요. 왜 아니 오시나요.

1~2연의 공간은 방 안이다. 1연에서는 달빛에 흔들리는 매화꽃 그림자가 영창으로 비쳐드는 방 안이 그려진다. 2연에서는 용궁의 노랫소리 같은, 환상의 밀물 소리가 들리는 방 안이 그려진다. 1연의 시각적 공간이 2연의 청각적 공간으로 바뀌면서 시의 공간은 무한정 넓어졌다.

    1~2연에 제시된 밝고 환상적인 공간과 3연의 어두운 가슴속 공간은 서로 대립된다. 그리하여 시적 화자의 '어두운 가슴속'(9행)이 더욱 선명하게 부각되는 효과를 거두고 있다. 어두운 가슴속을 응시하던 화자는 끝내 거울 속으로까지 퇴행해 들어간다. 거울 속 공간은 1~2연의 환상적인 공간과 동질적이다. 그곳에는 소솔비가 내리고 달무리(11행)가 둘려 있다.

    결국 화자는 현실의 공간이 아닌 환상의 공간이나 거울의 공간과 같은 비현실적인 세계에서만 님을 꿈꿀 수 있는 것이다.

몹쓸 꿈

봄 새벽의 몹쓸 꿈
깨고 나면!
우짖는 까막까치, 놀라는 소리,
너희들은 눈에 무엇이 보이느냐.

봄철의 좋은 새벽, 풀이슬 맺혔어라.
볼지어다, 세월은 도무지 편안한데,
두새없는 저 까마귀, 새들게* 우짖는 저 까치야,
나의 흉한 꿈 보이느냐?

고요히 또 봄바람은 봄의 빈 들을 지나가며,
이윽고 동산에서는 꽃잎들이 흩어질 때,
말 들어라, 애틋한 이 여자야, 사랑의 때문에는
모두 다 사나운 조짐인 듯, 가슴을 뒤노아라.

화자의 감정이 '까막까치'(3행)에 이입되어 있다. 까막까치는 까마귀와 까치를 아우르는 말이다.

　이 시의 화자는, '봄철의 좋은 새벽'(5행)에 몹쓸 꿈에서 깨어난다. 꿈에서 깨어난 화자의 인식 속에서 몹쓸 꿈의 세계는 확대 재생산된다. '세월은 도무지 편안한데'(6행)는 그 꿈이 얼마나 끔찍한 것이었나를 알려주면서 동시에 그것을 확대 재생산하는 반어적 표현에 다름 아니다. 도대체 어떤 꿈이었기에 그렇게 흉하고 몹쓸 꿈이라고 느껴지는 것일까? 애틋한 여자에 대한 사랑의 상실이라는 위기 앞에서는, 일어나는 모든 일이 '사나운 조짐'(12행)이 되는 것일까?

　두새없는 까마귀와 새들게 우짖는 까치(7행)는 우왕좌왕하는 화자의 심리를 그대로 반영한다. 이러한 화자의 심리 상태를 가장 잘 표현할 수 있는 사물이 바로 까막까치가 아니었을까? 그지없이 흉하면서도, 어쩌면 하는 기대 심리가 까막까치라는 시어 속에 잘 녹아 있다. 꿈의 세계를 몹쓸 꿈, 흉한 꿈으로 말하고 있는 이 시는 소월의 작품 중에서도 극히 이례적인 경우이다. 소월에게 있어서 꿈의 세계는 님을 만날 수 있는 환상의 세계, 바로 그것이었기 때문이다. 이 시는 그런 의미에서 주목되는 시이다.

─────────

＊새들게 : 목소리 따위가 안으로 기어들어가는.

그를 꿈꾼 밤

야밤중, 불빛이 발갛게
어렴풋이 보여라.

들리는 듯, 마는 듯,
발자국 소리.
스러져 가는 발자국 소리.

아무리 혼자 누어 몸을 뒤재도
잃어버린 잠은 다시 안와라.

야밤중, 불빛이 발갛게
어렴풋이 보여라.

이 시를 읽다 보면, 김동환의 〈북청 물장수〉라는 시가 생각난다. '새벽마다 고요히 꿈길을 밟고 와서 머리맡에 찬물을 쏴 퍼붓고는 그만 가슴을 디디면서 멀리 사라지는 북청 물장수……' 청각 이미지가 아주 싱그럽게 다가오는 시이다. 소월도 이 시에서는 청각 이미지를 주로 사용하였다. 한밤중에 잠에서 깨어난 시적 화자는 점점 스러져가는 소리를 듣는다. 제목에 나타난 '그'의 발자국 소리이리라. 그는 화자의 곁을 떠나 점점 멀어져 가고 있다. 화자의 마음은 그 멀어져 가는 소리를 좇아간다.

주목되는 시어는 '불빛'이다. 어렴풋한 윤곽으로만 보이는 불빛은, 다름 아닌 화자의 꿈에 나타난 '그'의 모습이다. 화자에게 '그'는 너무나 간절하여 떠오를 듯 떠오를 듯하면서 확실한 윤곽으로 그려지지 않는 존재이다. 그런데 어렴풋하기만 한 시각 이미지가 청각 이미지로 대체되면 어떻게 될까? 이상하게도 청각 이미지는 스러져갈수록, 희미하게 잦아들수록 뚜렷해진다. 그 뚜렷해짐 때문에 화자는 이제 영 잠을 다시 청할 수 없다. 청각 이미지가 자극하는 상상력 때문일 것이다.

여자의 냄새

푸른 구름의 옷 입은 달의 냄새.
붉은 구름의 옷 입은 해의 냄새.
아니, 땀 냄새, 때 묻은 냄새,
비에 맞아 축업은 살과 옷 냄새.

푸른 바다…… 어즐이는 배……
보드라운 그리운 어떤 목숨의
조그마한 푸릇한 그무러진 영(靈)
어우러져 비끼는 살의 아우성……

다시는 장사(葬事) 지나간 숲속의 냄새.
유령 실은 널뛰는 뱃간의 냄새.
생고기의 바다의 냄새.
늦은 봄의 하늘을 떠도는 냄새.

모래 둔덕 바람은 그물 안개를 불고
먼 거리의 불빛은 달 저녁을 울어라.
냄새 많은 그 몸이 좋습니다.
냄새 많은 그 몸이 좋습니다.

1연에서는 하늘이, 2연에서는 바다가 등장한다. 하늘은 빛(해와 달)의 공간이고, 바다는 생명과 풍요의 근원이다. 하늘은 남성성을, 바다는 여성성을 상징한다. 1연의 남성성이 2연의 여성성을 만나면, 거기에서 성적 욕망이 발생한다.

2연의 '그무러진 영(靈)'(7행)과 '살의 아우성'(8행)은 바로 그런 성적 욕망의 표현이자, 성행위 자체의 표현이며, 말줄임표는 성행위의 지속을 의미한다. 영(靈)이 그무러지고(흐릿해지고), 살이 아우성치는 성행위는 삶의 희열과 죽음의 고통을 동시에 가져온다.

성행위가 끝났을 때, 숲 속에서는 장사가 치루어진다.(3연) 숲이 가진 생명력과 장사(葬死)가 결합하여, 쾌감과 불쾌가 뒤섞이고 죽음과 재생이 혼재한다. 3연의 세 번째, 네 번째 행에서 다시 바다와 하늘이 등장하는 것은 바로 재생의 의미를 갖는다.

이처럼 이 시는 성행위의 반복성에 삶과 죽음의 반복성을 절묘하게 얽어 놓고 있다. 뿐만 아니라 여자의 냄새 즉 암내를 그리워하는 동물성에 가까운 남자의 본능을 적절히 표현하고 있어, 소월의 시로서는 아주 특이한 면을 보여준다.

분(粉) 얼굴

불빛에 떠오르는 새뽀얀 얼굴,
그 얼굴이 보내는 호젓한 냄새,
오고가는 입술의 주고받는 잔,
가느스름한 손길은 아르대여라.

검으스러하면서도 붉으스러한
어렴풋하면서도 다시 분명한
줄 그늘 위에 그대의 목소리,
달빛이 수풀 위를 떠 흐르는가.

그대하고 나하고 또는 그 계집
밤에 노는 세 사람, 밤의 세 사람,
다시금 술잔 위의 긴 봄밤은
소리도 없이 창 밖으로 새여 빠져라

1연에 제시된 술집의 분위기는 2연에서 환상적 분위기로 바뀐다. 술기운 때문에 사물의 형체가 아른대는데, 달빛(많은 소월시에서 달빛은 환상적 분위기의 매개자였다)마저 '수풀 위를 떠 흐르'(8행)고 있다. 이럴 때, 모든 사물의 견고한 외양과 속성은 해체되고 허물어진다. 술집 여자인 '분 얼굴'도 그 외양과 속성이 바뀌면서 '그대'로 다시 태어난다. 즉 가야금을 타면서 부르는 노래가, '그대의 목소리'(7행)로 들리기 시작한다.

3연에 등장하는 세 사람, '그대하고 나하고 또는 그 계집'(9행)의 정체를 이제 알 것 같다. '나'는 화자고, '그대'는 '나'의 연인이며, '그 계집'은 술집 여자인 '분 얼굴'이다. '그 계집'과의 만남이, 술기운과 달빛이 만들어내는 환상적 분위기 때문에, '그대'와의 만남으로 전화된다. 그런데 님을 만나는 시간은 어느 순간 소리도 없이 사라져 버린다. 님과 함께 하던 환상의 시간이 화자도 모르는 사이에 사라져감을 '창 밖으로 새여 빠져라'(12행)와 같은 감각적 이미지로 포착하고 있는 것이다.

안해 몸

들고 나는 밀물에
배 떠나간 자리야 있스랴.
어질은 안해인 남의 몸인 그대요
"아주, 엄마 엄마라고 불리우기 전(前)에."

굴뚝이기에 연기가 나고
돌바우 아니기에 좀이 들어라.
젊으나 젊으신 청하늘인 그대요,
"착한 일 하신 분네는 천당 가옵시리라."

전통적인 한국의 '안해'(3행)들은 자신을 위한 삶을 살지 못한다. 그들의 삶은 남편을 위한 삶이고, 자식들을 위한 삶이다. 그러니 몸도 자신의 것이 아닌 '남의 몸'(3행)이 된다. 화자는 여인의 굴레를 안고 여인의 길을 가야 하는 이들의 안타까움을 노래하면서, 작으나마 축원의 말을 전하고 있다.

　1~2행은 떠나간 남편의 자리가 흔적도 남아 있지 않음을, 4행은 아주 일찌감치 청상과부가 되었음을 알게 해준다. 그럼에도 불구하고 젊은 '안해'는 어질고 착하기만 하다. 그러니 살다보면 얼마나 힘들겠는가? 굴뚝에 연기나듯 '안해'의 속은 타들어가고(5행), 좀이 슨다(6행). 속으로만 타들어가는 여인의 한을 표현하고 있다. 이런 표현은 민요적 상상력을 변용한 것으로, 〈사발가〉라는 민요에서 그 원형을 찾을 수 있다.

　　석탄백탄(石炭白炭) 타는 데
　　연기만 펄펄 나구요,
　　요내 가슴 타는 데
　　연기도 김도 없구나.

서울 밤

붉은 전등.
푸른 전등.
넓다란 거리면 푸른 전등.
막다른 골목이면 붉은 전등.
전등은 반짝입니다.
전등은 그무립니다.*
전등은 또다시 어스럿합니다.
전등은 죽은 듯한 긴 밤을 지킵니다.

나의 가슴의 속모를 곳의
어둡고 밝은 그 속에서도
붉은 전등이 흐득여 웁니다.
푸른 전등이 흐득여 웁니다.

붉은 전등.
푸른 전등.
머나먼 밤하늘은 새캄합니다.
머나먼 밤하늘은 새캄합니다.

서울 거리가 좋다고 해요.
서울 밤이 좋다고 해요.
붉은 전등.
푸른 전등.
나의 가슴의 속 모를 곳의
푸른 전등은 고적합니다.
붉은 전등은 고적합니다.

소월시는 단절의 골짜기에서 피어오른 꽃이라 할 수 있다. 소월의 많은 시편들은 님이나 자연, 혹은 현실로부터 고립되고 단절된 시인의 초상을 보여준다. 「서울 밤」이라는 이 시는 자아와 현실의 단절과 그로 인한 정신적인 어둠을 노래한다. 붉고 푸른 전등이 명멸하는 휘황한 서울의 밤거리에서, 시적 화자는 그 세계와 융합하지 못하고 단절감과 소외감에 사로잡혀 있다.

붉은 전등, 푸른 전등은 '흐득여'(11~12행) 운다. 표면적으로는 그 주체가 전등으로 표현되어 있지만, 이는 감정이입을 통해 시적 화자의 내면을 드러낸 것이다. 1921년 『학생계』에 발표되었던 〈서울의 거리〉도 그렇거니와, 이 시도 역시, 일제 치하 서울의 우울한 도회 풍경을 퇴폐적 낭만주의 분위기로 노래한 것이다. 가까운 곳에서 반짝이는 전등들과는 반대로, '머나먼 밤하늘은 새캄'(15행)하기만 하다. 식민지의 수도에 사는 지식 청년들의 '전망 없음'을 단적으로 표현하고 있는 이 구절은, 1920년대의 낭만성이 퇴폐적으로 흐를 수 밖에 없었던 이유를 설명한다.

빈센트 반 고흐의 1888년 작품 〈밤의 카페(Le cafe, le soir)〉는 소월의 〈서울 밤〉과 명암의 처리가 유사하다. 고흐의 그림에서 화면 중심의 밝고 화려한 불빛과 그것을 둘러싼 어둡고 차가운 먼 하늘과 건물의 과감한 대비와 소월시에서 붉고 푸른 전등과 새카만 밤하늘의 대비. 고흐는 어둠을 통해 황홀하고 찬란한 빛을 인상적으로 드러내려 했고, 소월은 빛을 통해 깊고 음침하고 고적한 어둠을 드러내려 했다.

＊ **그무립니다**：어둠침침합니다, 침울합니다.

반달

가을 아침에
가을 저녁에
반달

가을 아침에

어둑한 퍼스렷한 하늘 아래서
회색(灰色)의 지붕들은 번쩍거리며,
성깃한 섭나무의 드문 수풀을
바람은 오다가다 울며 만날 때,
보일락말락하는 멧골에서는
안개가 어스러히 흘러 쌓여라.

아아 이는 찬비 온 새벽이리라.
냇물도 잎새 아래 얼어붙누나.
눈물에 쌔여 오는 모든 기억은
피흘린 상처(傷處)조차 아직 새로운
가주난* 아기같이 울며 서두는
내 영(靈)을 에워싸고 속살거려라.

"그대의 가슴속이 가비엽던 날
그리운 그 한때는 언제였었노!"
아아 어루만지는 고운 그 소리
쓰라린 가슴에서 속살거리는,
미움도 부끄럼도 잊은 소리에,
끝없이 하염없이 나는 울어라.

서정시에는 보통 특정한 풍경에 위치한 고립된 화자가 등장한다. 그는 어느 한순간 자신과 외부 세계와의 관계에 있어서 어떤 측면을 명상하거나 조명함으로써 통찰의 순간을 맞이한다. 그 통찰의 순간에 발화되는 화자의 말이 시의 결론이자 주제가 된다.

　이 시의 화자는 공간뿐만 아니라, 시간적으로도 변방에 위치하는 고립된 화자이다. '퍼스렷한 하늘 아래'(1행), '멧골'(5행) 등은 공간적 변방을, '찬비 온 새벽'(7행)은 시간적 변방을 의미한다. 화자와 외부 세계 사이에는 단절이 가로 놓여 있는 것이다. 변방 의식 때문에 생겨난 단절이라고 할 수 있다. 외부 세계와의 단절은 곧 님과의 단절이기도 하다.

　외부 세계와의 단절, 님과의 단절을 깨닫는 통찰의 순간, 화자는 하염없이 울기 시작한다. 아직도 새롭기만 한 상처를 바라보면서, 님의 '고운 그 소리'(15행)를 추억한다.

＊가주난 : 갓난. '가주'는 '갓'의 평안도 방언.

가을 저녁에

물은 희고 길구나, 하늘보다도.
구름은 붉구나, 해보다도.
서럽다, 높아 가는 긴 들 끝에
나는 떠돌며 울며 생각한다, 그대를.

그늘 깊이 오르는 발 앞으로
끝없이 나아가는 길은 앞으로.
키 높은 나무 아래로, 물 마을은
성긋한 가지가지 새로 떠오른다.

그 누가 온다고 한 언약도 없건마는!
기다려 볼 사람도 없건마는!
나는 오히려 못물가를 싸고 떠돈다.
그 못물로는 놀이 잦을 때.

이 시는 〈초혼〉처럼 몸부림치는 시도 아니며, 〈밭고랑 위에서〉처럼 생명의 강인한 의지가 느껴지는 시도 아니다. 가을 풍경처럼 애달프고 잔잔한 시이다. 이 시에는 한 폭의 수묵화가 펼쳐지고, 그 수채화 속에는 한 사나이가 떠돌고 있다. 가을 저녁 못물가를 홀로 헤매이는 사나이의 모습(4행) 뒤로는 해보다도 붉은 저녁놀이 드리워져 있다.

　'키 높은 나무'(7행)의 '성긋한 가지가지'(8행), 그리고 '물 마을'(7행) 등의 시어가 주는 어감의 싱거움(삶에 대한 투지나 의지가 느껴지지 않는다는 의미에서)은 이 시의 전체적인 분위기를 형성한다. 길은 앞으로 끝없이 이어져 있어도, 화자는 그 길을 가지 않는다(못한다). 다만 물속에 비친 '물 마을'이 물결따라 흔들리면서 나뭇가지들 사이로 떠오르는 모습을 지켜볼 뿐이다.

　그런데 이 화자가 '못물가'를 떠나지 못하는 것은 왜일까?노을진 물가 마을의 아름다움 때문만은 아닐 것이다. 혹시 식민지 지식인이 갖는 변방 의식, 혹은 소외 의식이 세상으로 나아가는 길을 막아버린 것은 아닐까?

반달

희멀끔하여 떠돈다, 하늘 위에,
빛 죽은 반달이 언제 올랐나!
바람은 나온다, 저녁은 춥구나,
흰 물가엔 뚜렷이 해가 드누나.

어두컴컴한 풀 없는 들은
찬 안개 위로 떠 흐른다.
아, 겨울은 깊었다, 내 몸에는,
가슴이 무너져 내려앉는 이 설움아!

가는 님은 가슴에 사랑까지 없애고 가고
젊음은 늙음으로 바뀌어 든다.
들가시나무의 밤드는 검은 가지
잎새들만 저녁 빛에 희그무레히 꽃 지듯 한다.

비평가 노드롭 프라이(Northrop Frye)는, 어둠과 자아의 깨어남 사이에 있을 수 있는 상응관계를 지적한 바 있다. 그는 실의와 위약에 빠지는 것은 대낮이고, 정복적인 영웅적 자아가 깨어나는 것은 자연의 어둠 속에서라고 말했다.

빛과 어둠이 갈마들어 '빛 죽은 반달'(2행)이 나오는 시간이 되면, 화자의 의식은 깨어난다. '언제 올랐나!'(2행)라는 표현은, 대상이 어느 순간 문득 인식 가능한 지평으로 들어왔음을 알려준다. 겨울이 깊고(2연), 젊음이 늙음으로 바뀌어 드는(3연) 것도 이 시간이 되어서야 비로소 인식 가능해진다.

물론 깨어난 자아가 정복적이거나 영웅적이지는 않다. 오히려 그는 왜소하기 그지없다. 님은 가슴에 남아 있던 작은 사랑의 흔적까지 모두 지우고 떠났고, 화자 자신은 이미 늙어버렸다. 이 순간 그는 사랑의 진멸(盡滅)을 깨닫는다. 님의 사랑이 완전히 끝이 나는 순간, 들가시나무 잎새가 지듯이(11~12행) 삶도 끝이 난다. 유사성에 근거하여 인간사와 자연사를 대비시키는 이런 기법은 소월이 자주 사용하던 시적 기교로, 시상을 효과적으로 전개하면서 시의 의미를 강화하는 효과를 거둔다.

귀뚜라미

만나려는 심사

저녁 해는 지고서 어스름의 길,
저 먼 산엔 어두워 잃어진 구름,
만나려는 심사는 웬 셈일까요,
그 사람이야 올 길 바이없는데,
발길은 누 마중을 가잔 말이냐.
하늘엔 달 오르며 우는 기러기.

이 시는 어둠과 밝음이 대립되면서 시적 완성도가 높아졌다. 1~2행에서는 달뜨기 직전의 어둠이 표현된다. 그 어둠 속에서는 하늘의 구름마저 길을 잃었다. 어둠의 이미지를 통해, '그 사람'(4행)을 만날 수 없는 상황임을 노래하면서, 이별의 정황을 '잃어진 구름'(2행)에 비유하고 있다. 그럼에도 불구하고 만나고 싶은 심정은 누를 길이 없다. 심지어는 '그 사람'이 올 것만 같은 막연한 기대감에 사로잡혀 마중길을 나선다.

　마지막 행의 '하늘엔 달 오르며 우는 기러기'에서는 시간과 공간이 일순간 전환된다. 달이 오르면서 어둡고 답답하던 상황이 물러가고, 밝음의 이미지가 이를 대치한다. 여기서 달은 백제 가요 〈정읍사〉의 달처럼, '그 사람'과 나를 동시에 비추면서 양자를 연결하는 구실을 하고 있다. 밝은 하늘로 날아오른 기러기는 '그 사람'에게로 향해 가는 심리적 지향을 표상한다. 기러기 소리와 함께 어둠의 적막은 깨어지고 화자의 심리는 활기차게 변한다.

옛낯

생각의 끝에는 졸음이 오고
그리움 끝에는 잊음이 오나니,
그대여, 말을 말어라, 이후부터,
우리는 옛낯 없는 설움을 모르리.

'생각'(1행)과 '그리움'(2행)은 하나이다. 그러므로 '졸음'(1행)과 '잊음'(2행) 역시 하나이다. 물론 이 어휘들의 사전적인 의미의 외연은 다르지만, 이 작품에서 시어로서의 외연은 같다. 결국 님에 대한 생각과 그리움을 끝내고, 졸음과 잠을 통해 이별의 설움을 벗어나겠다는 의미로 읽힌다.

 이 시의 제목 〈옛낯〉은 동아일보에 발표될 때에는 〈구면(舊面)〉이었다. '구면'이라는 어휘는 '이다/아니다'의 서술어와 연결되어, 안면이 있고 없음을 나타내는 어휘인데, 4행에 쓰인 '옛낯'은 '없는'이라는 시어와 연결되어 있다. '옛낯 없는 설움'(4행)은 좀 낯선 표현이긴 하지만, 그리운 사람이 곁에 없어서 생기는 설움이라는 의미로 쉽게 읽힌다.

깊이 믿던 심성

깊이 믿던 심성이 황량한 내 가슴속에,
오고가는 두서너 구우(舊友)*를 보면서 하는 말이
"이제는, 당신네들도 다 쓸데없구려!"

이 시는 형태상 시조로 보아도 무방할 듯하다. 한 행이 대체로 4음보를 형성하며, 3행의 첫 구가 쉼표로 끊겨 있어 시조의 종장 형태에 아주 접근해 있다.

그러나 주제 면에서는 전통적인 시조에서 많이 벗어나 있다. 전통적인 시조가 자연친화, 자연합일의 노래였던 반면에, 이 시의 화자는 자연에 눈길 하나 주지 않는다. 인간사에만 얽매인 화자의 심리는 불안하면서도 답답하다. 오가던 옛 친구들도 쓸데없는 것으로 느껴진다. 화자 자신의 마음이 너무 황량한 탓일까? 반어적인 제목은 화자의 황량함을 더한다.

그런데 화자의 황량한 마음은 무엇에서 연유한 것일까? 시 속에는 아무런 단서도 들어 있지 않다. 혹시 화자가 식민지 백성에게 가해지는 억압과 박해를 피해 옛 친구들마저 남겨두고 먼 유랑의 길을 떠나려 하는 상황은 아닐까? 실제로 소월시 중에는 일제에게 토지를 빼앗기고 유랑길에 올랐던 슬픈 식민지 백성들의 노래도 있다.

＊구우: 옛 친구. 또는 사귄 지 오랜된 친구.

꿈(2)

꿈? 영(靈)*의 헤적임. 설움의 고향.
울자, 내 사랑, 꽃 지고 저무는 봄.

많은 소월시에서 꿈은 환상의 공간으로 등장한다. 그 환상의 공간은 시적 화자들이 그리던 님을 만나는, 성취의 공간이다. 이 시에서도 꿈은 일차적으로 환상과 낭만의 공간으로 등장한다. 꿈의 세계에서의, '영(靈) 혜적임'(1행), 어린아이들이 바닷가 얕은 물에서 혜적이며 물장구치는 모습을 연상시키는 표현이다. 바닷가에서 노는 어린아이들처럼, 꿈속의 영은 결핍이 없는 충만의 세계를 경험하고 있는 것이다.

　그러나 충만한 세계로서의 꿈은 '저무는 봄'(2행) 만큼이나 짧다. 꿈이 깨어나는 순간, 그 충만한 세계는 일시에 소멸되고, 그로 인해 시적 화자는 그리움과 설움에 빠지게 된다. 따라서 꿈은 설움의 한 근원, 즉 '설움의 고향'(1행)이기도 한 셈이다. 사랑의 성취와 그 기쁨이 설움의 원천이 되는 셈이다.

　표현상으로 살펴보면, '영(靈)의 혜적임. 설움의 고향.'(1행)에 사용된 두 개의 마침표는 꿈의 이중성을 표현하는데 무척 효과적으로 작용한다. 또한 '꿈?'(1행)에 사용된 의문부호도, 뭐라고 단정할 수 없는 꿈의 이중적 특성을 드러내는 표지이다.

＊ 영(靈): 영혼, 혼령.

님과 벗

벗은 설움에서 반갑고
님은 사랑에서 좋아라.
딸기꽃 피어서 향기로운 때를
고초(苦椒)*의 붉은 열매 익어가는 밤을
그대여, 부르라, 나는 마시리.

'딸기꽃'(3행)과 '고초(苦椒)'(4행)는 재미있는 성적(性的) 상징을 보여준다. 딸기는 딸아기로, 고초는 남자아이를 뜻하는 고추로 읽힌다. 딸기는 음의 유사성을, 고초는 생김새의 유사성을 통해, 흥미로운 성적 대상으로 바뀌고 있는 것이다. 이렇게 본다면, 딸기꽃이 피는 때와 붉은 고추 열매가 익어가는 밤이란, 다름 아닌 님과 동침하던(동침할) 때이거나, 적어도 님과 은밀하게 사랑을 속삭이던 때를 의미한다고 할 수 있다.

　1행의 '벗'은 동성이 아닌 이성인 것일까? 우정이 사랑으로 옮겨가지 못한 것이 설움이란 말인가? 우정이 사랑으로 변하여, 벗이 님으로 바뀌었을 때, 그것이 '좋다'는 이야기인가? 사랑은 성행위(3~4행)를 통해서만 무르익는 것일까? 우정과 사랑의 경계, 즉 님을 벗과 구별하는 유일한 표지가 성행위라고 생각하는 것일까? 만약 그렇다면, 이 시에서 말하는 사랑이란, 정신적인 것이 아니라, 본능적·육체적인 것을 지향하는 피지배 민중들의 사랑에 가깝다고 할 수 있겠다. 민요 시인으로서의 김소월의 면모가 이 시의 기저에 흐르고 있는 셈이다.

＊ **고초(苦椒)**:'고추'의 원말.

지연(紙鳶)

오후의 네길거리 해가 들었다,
시정(市井)의 첫겨울의 적막함이여,
우둑히 문어귀에 혼자 섰으면,
흰눈의 잎사귀, 지연(紙鳶)이 뜬다.

지연(紙鳶)은 공중에 날리는 종이 연이다. 연은 대개 사람들의 소망을 담고 하늘 높이 날아오른다. 가슴 가득히 바람을 안고 하늘 높이 떠 있는 연은 그 연줄만큼이나 힘차고 생동감 있다. 그래서 연은 희망과 소망의 상징이 된다.

　그러나 지연이라는 제목이 붙어 있는 이 시에서 힘차고 생동감 있는 분위기는 찾아보기 힘들다. 초겨울 해가 뉘엿뉘엿 넘어가는 네거리의 풍경은 적막하기만 하다. 시정의 북적님과 시끌벅적함은 어디에도 없다. 적막함에 감싸인 시적 화자가 있을 뿐이다. 그 적막함 속에서 얼마 동안을 혼자 우두커니 그렇게 서 있는 것일까?

　마지막 행에서, 종이 연이 떠오를 때, 깊고 깊은 적막함 속에서 하나의 움직임이 생겨난다. 무엇일까? 그 움직임의 의미는? 혹시 새로운 대상이 인식의 지평으로 떠오르는 것을 의미하는 것은 아닐까? 그것은 '흰눈'의 하강 이미지와 대비되면서 보다 확실한 상승감으로 다가온다. 뭔가 새로운 일이 시작될 것 같은 기대감이 느껴진다.

　조선 후기의 실학자였던 박제가가 〈지연(紙鳶)〉이라는 같은 제목의 한시를 남긴 것이 있어 흥미롭다. 종이 연이 날고 있는 모습을 표현하면서 그 종이 연처럼 마음껏 뜻을 펴지 못하는 화자의 울분을 표현했다.

野小風微不得意　좁은 들에 바람 적어 뜻은 펴기 어려워도
日光搖曳故相率　햇빛에 흔들흔들 서로 끌어당긴다.
斫平天下槐花樹　천하의 괴화나무 다 쳐서 없애고
鳥沒雲飛乃浩然　새도 숨고 구름도 날아가면 마음 트일까.

오시는 눈

땅 위에 쌔하얗게 오시는 눈.
기다리는 날에는 오시는 눈.
오늘도 저 안 온 날 오시는 눈.
저녁 불 켤 때마다 오시는 눈.

이 시의 눈은 인격을 가지고 있다. 오는 눈이 아니라 '오시는 눈'이다. 눈은 님이 부재하는 공간에 찾아와 그 텅 빈 공간을 채워주는 님의 변용태인 것이다.

　님에 대한 기다림이 커지는 날(2행)에는, 혹은 저녁 어스름에 외로움이 짙어갈 때(4행)에는, 어김없이 눈이 내린다. 화자의 심적 움직임에 어김없이 반응하는 눈이다. 그 '어김없음'이 주는 안도감 내지는 안정감을 님에게도 기대하는 것이리라.

　그러나, 어쩌겠는가? 님에게서는 어떤 안정감도, 어떤 안도감도 느낄 수 없는 것을. 결국 어김없는 눈과 변덕스런 님의 대비를 통해, 오지 않는 님에 대한 야속함을 에둘러 표현하고 있는 시라고 하면 될까?

설움의 덩이

꿇어앉아 올리는 향로의 향불.
내 가슴에 조그만 설움의 덩이.
초닷새 달 그늘에 빗물이 운다.
내 가슴에 조그만 설움의 덩이.

화자는 경건하고 삼가는 구도자를 지향한다. 꿇어앉은 자세와 향불을 피우는 행위가 그렇다. 물론 그것이 현실에서 느끼는 설움을 잊기 위한 단순한 제스처로 보이기도 하지만, 화자는 격정적인 설움의 상태를 벗어나 차분하게 가라앉은 상태를 보여준다.

1행의 '향불'은 상승하는 이미지인 반면, 3행의 '빗물'은 하강하는 이미지이다. 짧은 시 속에서 상승 이미지와 하강 이미지가 교차한다. 그것은 '조그만 설움의 덩이'가 가슴속에서 오르락내리락하는 형상으로 대치되어 다가온다. 격정적인 움직임은 없지만, 빙산처럼 보이지 않게 쉼 없이 가슴속을 유동하고 있는 것이다.

또한 '설움의 덩이'라는 고체화된 이미지는 '향불'(1행)이라는 기체 이미지와 '빗물'(3행)이라는 액체 이미지로 전화되면서, 차분하게 가라앉는 모습으로 순화된다. 하지만 '설움의 덩이'는 순화되고 있을 뿐, 완전히 사라지지는 않는다. 가슴 깊은 곳에서 때를 기다리는 도적들처럼 도사리고 있는 것이다.

낙천(樂天)*

살기에 이러한 세상이라고
맘을 그렇게나 먹어야지,
살기에 이러한 세상이라고,
꽃 지고 잎 진 가지에 바람이 운다.

소월은 대뜸 '살기에 이러한 세상'(1행)이라고 한다. 세상이 어떻다는 것인가? 살기에 힘든 세상이라는 것인가, 아니면 살기에 서글픈 세상이라는 것인가? 하지만 다시 읽어보니, 세상이 그렇다는 것이 아니라 세상을 향한 내 마음이 그렇다는 것이다.

　힘겨운 세상살이를 체념하고 탄식하기 보다는, 그래서 좌절하거나 감상적 패배주의에 젖기보다는, 스스로 위로하고 달래면서 살아가야 하는 것이 인생이다. 그래서 소월은 힘들고 서글픈 세상을 승인하려 한다. 그래야만 꺾이지 않고, 부러지지 않고, 그나마 버틸 수 있을 것만 같다.

　세상은 어차피 힘겹고 삶은 서글픈 것이라는 사실을 승인하고 나면, 나뭇가지가 보이고 바람 소리가 들리게 된다. 나 아닌 자연이 느껴진다. '꽃 지고 잎 진 가지'(4행)에는 바람이 소리 내며 지나고 있다. 그 바람은 윤동주의 〈서시〉에 나오는 별에 스치는 '바람'을 닮았다. 세상과 맞서 절망을 희망으로 돌려세우지는 못하지만, 그래도 삶에 대한 관조와 성찰을 통해 자기 구원에 이르고자 하는 화자의 여린 마음이 묻어 있는 바람이다.

＊ 낙천(樂天): 세상이나 인생을 즐겁게 생각함.

바람과 봄

봄에 부는 바람, 바람 부는 봄,
적은 가지 흔들리는 부는 봄바람,
내 가슴 흔들리는 바람, 부는 봄,
봄이라 바람이라 이 내 몸에는
꽃이라 술잔이라 하며 우노라.

이 시에는 하나의 음소가 반복 사용되고 있다. 'ㅂ' 음이 다른 자음에 비해 훨씬 자주 사용되고 있는 것이다. 'ㅂ' 음은 공명음이 아니라 장애음이다. 그런데도 불구하고 이 시는 리드미컬하게 읽힌다. 왜일까? 아마도 조음 장소에 따라서는 장애음도 밝은 소리로 들릴 수 있기 때문인 듯하다.

　1행에서 초성에 쓰인 자음만을 따로 떼어내어 적어보면, 'ㅂ' 음이 규칙적으로 반복되고 있는 것을 알 수 있다. 'ㅂㅇ ㅂㄴ ㅂㄹ ㅂㄹ ㅂㄴ ㅂ' 어절의 처음에 'ㅂ' 음이 규칙적으로 쓰였다. 그것도 2음절마다 한 번씩 반복된다. 뿐만 아니라 'ㅂ' 음은 그 다음 자리에 놓인 'ㅇ', 'ㄴ', 'ㄹ' 등의 유성음에 의해 뒷받침되면서 시의 음악성은 증폭된다.

　결국 이 시는 바람결에 나부끼는 듯한 언어적 율동감으로 인해 정서적 명료성에 도달하고 있다. '꽃이라 술잔이라 하며'(5행) 봄을 즐기는 상춘객들의 느슨함과 흥겨움이 언어 속에 잘 녹아 있는 것이다. 하지만 흥겨움의 어딘가에는 애잔한 슬픔도 배어 나온다. 봄이 주는 애잔함일 수도, 시대적 상황이 주는 슬픔일 수도 있으리라.

눈

새하얀 흰눈, 가비엽게 밟을 눈,
재 같아서 날릴 듯 꺼질 듯한 눈,
바람엔 흩어져도 불길에야 녹을 눈.
계집의 마음. 님의 마음.

사랑하는 이의 마음을 눈의 여러 속성에 비유한 시다. 눈이 지니는 순결함, 가벼움, 사라지기 쉬움 등이 우선 1~2행에서 제시된다. 순결하고 가벼운 님의 마음은 조그만 동요에도 금방 '날릴 듯, 꺼질 듯'(3행)한 마음이다. 님의 진짜 마음이야 어떠하든, 적어도 화자에게는 그렇게 느껴지는 것이다.

　3행의 바람과 불길은 대비적인 의미를 가지면서, 시상의 흐름을 바꾸어 놓는다. 바람엔 흩어진다고 함은, 사랑 없는 남성적 힘에는 절대 굴복하지 않고 의연히 흩어져 버린다는 의미일 것이다. 그러나 사랑의 불길에는 스르르 녹아 물이 되어 흐른다. 세상의 여러 힘 앞에서는 한없이 강하지만, 사랑에는 그지없이 약한 님(계집)의 마음이, 단 한 줄의 시행에 잘 표현되어 있다고 하겠다.

　한편, 2행의 '재 같아서'는 『진달래꽃』 초간본에 '재갓타서'로 표기되어 있다. 이를 '재가 타서'로 보는 견해도 있지만, 앞뒤 문맥으로 볼 때 그것보다는 '재 같아서'라고 보는 것이 훨씬 자연스럽고 좋다. 만약 '재'를 주어로 본다면 사이시옷은 필요 없기 때문이다.

깊고 깊은 언약

몹쓸은 꿈을 깨어 돌아누울 때,
봄이 와서 멧나물 돋아나올 때,
아름다운 젊은이 앞을 지날 때,
잊어버렸던 듯이 저도 모르게,
얼결에 생각나는 "깊고 깊은 언약"

짧고 평범한 이 시가 그나마 시적 긴장감을 유지할 수 있는 것은 반어적 표현 때문이다. '얼결에 생각나는 깊고 깊은 언약'(5행)이라는 표현이 바로 그것이다. 언약이란 언제나 마음에 새겨두고 잠시도 잊지 말아야 할 맹세를 말한다. 마음 속에서 지워진 언약은, 언약으로서 가치를 이미 상실한 것이다. 이 시의 언약도 이미 언약으로서의 가치를 잃어버렸다. 왜냐하면 그것은 악몽에서 깨었을 때와 같이, 특별한 상황에서만 '얼결에 생각나는'(5행) 것이기 때문이다. 그런 언약이 '깊고 깊다니' 얼마나 지독한 아이러니인가?

그런데 현실에서는 이런 아이러니가 아이러니로 받아들여지지 않고, 평범한 일상으로 느껴진다. 현실에서 언약이나 맹세는 허튼 것이 너무나 많다. 상대방 앞에서 작동하다가 상대가 눈 앞에서 사라지면 그와 동시에 망각되는 언약이 라니! 혼자 있을 때도 도리에 어긋나지 않도록 삼가한다는 신독(愼獨)이라는 덕목을 생각할 때, 이런 아이러니의 파장은 더욱 커진다. 이 시에서 그것을 읽 을 수 있다면 우리는 시인의 생각보다 더 많은 것을 읽고 있는 것이다.

붉은 조수(潮水)

바람에 밀려드는 저 붉은 조수
저 붉은 조수가 밀어들 때마다
나는 저 바람 위에 올라서서
푸릇한 구름의 옷을 입고
불같은 저 해를 품에 안고
저 붉은 조수와 나는 함께
뛰놀고 싶구나, 저 붉은 조수와.

낙조의 붉은 기운이 바닷물과 함께 밀려오는 것이 바로 '붉은 조수'이다. 소월은 고향 바닷가에서 붉은 조수가 밀려오는 광경을 늘 바라보았을 것이다.

    이 시에는 낙조의 쇠잔함이 드러나지 않는다. 왜일까? 아마도 낙조의 이미지가 유동성의 이미지를 가진 바닷물과 결합되어 '붉은 조수'로 제시되고 있기 때문일 것이다. 또한 3~4행도 쇠잔한 이미지를 걷어버리고, 생동하는 이미지로 전환하는 데 결정적인 역할을 한다. '나는 저 바람 위에 올라서서/푸릇한 구름의 옷을 입고'(3~4행) 있다는 장면 제시는, 에밀레종의 표면에 새겨진 비천상 무늬를 생각나게 한다. 너울거리는 하늘 옷을 걸치고 꼬리가 긴 꽃구름 속에서 악기를 연주하는 모습의 생동감을 느낀다.

    서정적 자아의 생동감 넘치는 모습은 다른 소월시에서는 찾아보기 힘든 모습이다. 이 시가 지향하는 세계가, 화자의 현재가 아니라, 화자의 추억 속의 세계이기 때문에, 이런 생동감이 가능하게 된다.

남의 나라 땅

돌아다 보이는 무쇠다리
얼결에 뛰어 건너서서
숨 그르고 발 놓는 남의 나라 땅.

'무쇠다리'(1행)란 압록강 철교를 말한다. 1920년대 당시, 철교는 가장 중요한 근대 문물의 상징이었다. 동시에 일제 침략의 상징이기도 했다. 소월은 '철교'라는 말을 '무쇠다리'(1행)로 바꾸어 놓았다. 거대한 식민지 침략 세력의 존재가, 철교라는 말에서 보다는, 뚜벅뚜벅 걸어오는 듯한 착각을 동반하는 '무쇠다리'란 말에서 더욱 효과적으로 표현되고 있다. 소월의 시어 선택이 얼마나 세심하게 이루어졌는지 알 수 있다.

화자는 '무쇠다리'를 통해 침략 세력 일본의 존재를 은연 중에 상기시킨 후, 그들을 피해 도강하여 남의 나라 땅(중국)으로 숨어들 수 밖에 없는 망국민의 처지를 흥분하지 않고 담담하게 말한다. '숨 그르고 발 놓는 남의 나라 땅'(3행), 얼마나 가슴 아픈 말인가? '그르고'의 의미가 약간은 불명확하지만, 이를 숨을 '죽이고' 정도로 해석할 때, 이 한 줄의 시구에는 망국민의 기막힌 사연이, 초조와 고통, 무서움, 굴욕감이 응어리져 있다.

많은 말을 하지 않고도, 격정에 휩싸이지 않고도, 이렇듯 나라 없는 슬픔을 애절하게 표현할 수 있다니, 놀랍지 않은가? 소월은 후에 〈나무리벌 노래〉에서 나라 잃고 농토마저 빼앗긴 식민지 백성의 처지를 좀 더 애절하게 노래한다.

천리만리

말리지 못할 만치 몸부림하며
마치 천리만리(千里萬里)나 가고도 싶은
맘이라고나 하여 볼까.
한 줄기 쏜살같이 뻗은 이 길로
줄곧 치달아 올라가면
불붙는 산의, 불붙는 산의
연기는 한두 줄기 피어올라라.

소월시에서 반복의 수법은 연, 행에서 뿐만 아니라 개별적인 시구와 시어, 나아가서는 자음과 모음 등 음소에 이르기까지 매우 폭넓게 쓰이고 있다. 이러한 반복의 기교는 시의 운율적 특성을 강화시키는 요인이 된다.

　이 시는 초반부에 공명도가 높은 'ㅁ'을 연속적으로 반복 사용하여 운율을 강화하고 있다. 그런데 공명도가 높은 'ㅁ'은 우리말에서는 어딘지 답답하고 미묵한 느낌을 주기도 한다. 이 시의 전반부에는 이런 느낌이 어딘지 모르게 배어 있다. 화자의 가슴속 답답함이 'ㅁ'이라는 음소에 잘 갇혀 있다.(우연한 일이겠지만, 'ㅁ'의 형태는 감옥과 같이 사방이 막힌 직선으로 이루어져 있다)

　'한 줄기 쏜살같이 뻗은 이 길로/줄곧 치달아 올라가면/불붙는 산'(4~6행) 이런 구절들은 울적하거나 답답함에 몸부림치는 심사를 표현한다. 울적하고 답답한 심사를 달래기 위해 산으로 치달아 올라가는 행위는 〈하늘 끝〉에서도 나온다. '불붙는 산'(6행)은 몸부림치는 화자의 갈망을 나타낸다. 그리고 '연기'(7행)는 갈망의 헛된 연소를 의미한다.

생과 사

살았대나 죽었대나 같은 말을 가지고
사람은 살아서 늙어서야 죽나니,
그러하면 그 역시 그럴 듯도 한 일을,
하필코 내 몸이라 그 무엇이 어째서
오늘도 산마루에 올라서서 우느냐.

삶 곁에 죽음이 있고, 죽음 곁에 삶이 있다. 삶과 죽음의 경계선은 흐릿하여 언제나 쉽게 넘어설 수 있다. 따라서 죽음은 불안과 공포의 대상도 아니요, 비극적인 그 무엇도 아니다.

화자는 삶과 죽음을 그저 자연의 보편적인 순환 원리로 인식한다. 이성적으로는 생로병사의 자연 원리를 그대로 수용하고 있는 것이다. 그러나 감성적으로는 그렇지가 못하다. 죽음은 복받치는 슬픔과 연결되며, 슬픔의 감성은 반복되고 지속된다. '그 무엇이 어째서 / 오늘도 산마루에 올라서서 우느냐.'(4~5행) 여기서 '오늘도…… 운다'는 표현은 슬픔의 반복과 지속을 의미한다.

이처럼 이성적인 생각과 감성적인 울음 사이의 불일치를 통해서 인간 본질의 한 단면을 보여주고 있는 이 시는, 시의식과 세계관에 있어서 소월의 초기시와 후기시의 중간 지점에 놓인다. 초기시가 3음보의 짧은 시행을 통해서 감상과 낭만성, 그리고 서글픈 정한을 노래하였다면, 후기시는 일상적 삶과 경험세계를 향해 열려 있다. 이 시 2행의 '살아서 늙어서야 죽나니'는 경험세계로 열려진 후기시의 단초를 보여준다.

어인(漁人)*

헛된 줄 모르고나 살면 좋와도!
오늘도 저 넘에 편 마을에서는
고기잡이 배 한 척 길 떠났다고.
작년에도 바닷놀이 무서웠건만.

소월은 4행시도 많이 썼다. 시집『진달래꽃』에도 4행시가 꽤 많이 실려 있다. 〈어인〉은 생명의 위협 속에서도 고기잡이 배를 타야만 하는 어부들의 삶을 4행 시로 노래한다.

3행은 소문으로 전해 듣는 '고기잡이 배 한 척'(3행)의 사고 소식이다. 시어 '길 떠났다'(3행)는 일반적으로는 출어의 의미로 읽히지만, 이 시에서는 저승길 을 떠나다의 의미가 더 강하게 다가온다. 왜냐하면 고기잡이 배의 출항과 같은 평범한 어촌의 일상사는 소문거리가 되지 못하기 때문이다. 반면 고깃배의 사 고 소식은 어촌에서 가장 중요한 소문거리이다. 또한 4행의 '무서웠건만'에서 고깃배의 사고에 대한 심증은 더욱 굳어진다. 특히 벌겋게 물든 '바닷놀'(4행) 은 죽은 어인(漁人)들의 핏빛을 연상하게 한다.

'작년에도'(4행), '오늘도'(2행) 반복되는 사고와 그로 인한 어인들의 길 떠남 (죽음)을 목격하며 살아가야 하는 어촌 사람들은 인생이 헛되다는 사실을 너무 도 뼈저리게 느낀다. 하지만 그래도 살아야만 하는 삶, 이것이 바로 어촌 사람 들이 갖는 삶에 대한 비애이다. 1행은 바로 그런 비애와 허무를 시화한 것이라 고 볼 수 있다.

＊어인(漁人): 고기잡이를 생업으로 하는 사람.

귀뚜라미

산바람 소리.
찬비 뜯는 소리.
그대가 세상 고락 말하는 날 밤에,
순막집 불도 지고 귀뚜라미 울어라.

이 시는 한시에서 주로 사용하는 기승전결의 구성 방법을 사용하고 있다. 앞의 1~2행에 보이는 '산바람 소리'와 '찬비 뜯는 소리'는 외부의 객관 세계이다. 3행 즉 전구(轉句)에 오면, 시상이 크게 한번 구른다. 외부의 객관 세계에 인간사가 끼어들고 있는 것이다. 세상의 고락을 말하는 '그대'(3행)의 등장은 평이하던 시상의 전개를 갑자기 복잡하게 얽어 놓는다.

3행을 읽는 순간, 1~2행의 '산바람 소리'도 '찬비 뜯는 소리'도 이제는 온전한 객관 세계의 풍경이 아니다. 3행에서 복잡하게 얽혀 들던 인간사 이야기가 얼마 동안 지속되었던 것일까? 4행의 결구에 오면, 인간사 이야기는 어느 순간 그치고, 귀뚜라미 소리만 들린다.

'순막집 불'(4행)이 꺼지는 순간, 시끄럽고 번잡한 인간사는 조용히 잦아들고 만다. 즉 자연이라는 객관 세계로 돌아감으로써, 인간과 자연의 절묘한 조화를 추구하게 되는 것이다. 따라서 1~2행의 자연과 4행의 자연은, 같은 자연이라도 같은 자연이 아니다.

월색(月色)

달빛은 밝고 귀뚜라미 울 때는
우두커니 시멋없이 잡고 섰던 그대를
생각하는 밤이여, 오오 오늘밤
그대 찾아 데리고 서울로 가나?

이 시는 통사구조 상으로 1~3행이 한 묶음이고, 4행이 따로 떨어져 있다. 그러나 의미상으로 분석해 보면, 1~2행과 3~4행이 갈라진다. 1~2행은 님과 함께 하던 과거이고, 3~4행은 부재하는 님을 그리워하는 현재이다.

소월시에는 달에 관련된 시어가 많이 등장한다. 소월시의 달(빛)은 대개 환상의 공간을 형성하며, 그 속에서 화자는 님을 만난다. 이 시의 화자도 달빛이 밝던 때(1행)에는 '그대'(2행)와 함께 있다. 그리고 거기에는 아무런 정신적 방황이나 고뇌가 없다. 그래서 '우둑히 시멋없이'(2행) 즉 우두커니 망연히 서 있을 수 있는 것이다.

그러나 님이 부재하는 현재는 그리움(3행)과 번민(4행)이 가득하다. 특히 4행의 '서울로 가나?'(4행)는 님의 부재로 인한 방향 상실감을 표현한다. 한편 '서울'은 1~2행의 환상 공간에 대비되는 현실 공간의 대유적 표현이라고도 볼 수 있다. 즉 환상 공간에서 만났던 님을 동반하고 다시 현실 세계로 돌아왔을 때 겪게 될 방황과 고통을 예감하는 화자는 현실 세계로 돌아오는 것을 망설이고 있는 것이다. 소월이 지향하던 세계가 바로 '저만치'(산유화)의 세계라는 것을 분명히 확인할 수 있다.

바다가 변하여
뽕나무밭 된다고

불운에 우는 그대여

불운에 우는 그대여, 나는 아노라
무엇이 그대의 불운을 지었는지도,
부는 바람에 날려,
밀물에 흘러,
굳어진 그대의 가슴속도.
모두 지나간 나의 일이면.
다시금 또 다시금
적황(赤黃)의 포말은 북고여라, 그대의 가슴속의
암청(暗靑)의 이끼여, 거치른 바위
치는 물가의.

불운에 우는 친구를 위로하는 형식으로 쓰여진 이 시는, 사실은 상처받은 자신을 달래고 있다. 친구가 당한 일이 실연이든, 아니면 그 어떤 불운이든, 화자가 그것을 알 수 있는 것은 그 모든 일을 자신도 겪어 보았기 때문이다. 불운을 공유한 공동체, 소월은 어쩌면 우리 민족 전체를 '그대'(5행)라고 부르고 있는지 모르겠다.

이 시의 마지막 네 행은, 심리 표현이라는 특별한 의도 하에 짜여져 있다. 이 부분은, '적황(赤黃)의 포말'(8행), '암청(暗靑)의 이끼'(9행), '거치른 바위'(9행), '파도가 치는 물가'(10행) 등은 제시 순서가 거꾸로 되어 있다. 실제로는 파도가 '치는 물가', '거치른 바위'에 '암청의 이끼'가 끼어 있고, 거기에 '적황의 포말'이 자꾸 일고 있는 것이다. 이러한 순서의 역전 제시는 화자의 심리 상태가 매우 어수선하게 헝클어져 있음을 암시해 준다. 화자의 암담하고 스산한 심정이 시어의 배열을 통해 드러난다.

바다가 변하여 뽕나무밭 된다고

걷잡지 못할만한 나의 이 설움,
저무는 봄 저녁에 져가는 꽃잎,
져가는 꽃잎들은 나부끼어라.
예로부터 일러 오며 하는 말에도
바다가 변하여 뽕나무밭 된다고.
그러하다, 아름다운 청춘의 때에
있다던 온갖 것은 눈에 설고
다시금 낯 모르게 되나니,
보아라, 그대여, 서럽지 않은가,
봄에도 삼월의 져가는 날에
붉은 피같이도 쏟아져 내리는
저기 저 꽃잎들을, 저기 저 꽃잎들을.

젊은 날은 쉬이 간다. 삶의 덧없음은 시의 영원한 주제이다. 이 시는 덧없이 지나가는 삶에서 느끼는 애상감을 표현하고 있다. 삶이 봄날 저녁에 흩어져 떨어지는 낙화의 이미지로 그려졌다.

'봄에도 삼월의 져가는 날에/붉은 피같이도 쏟아져 내리는/저기 저 꽃잎들' (10~12행)이라는 표현은 이형기의 〈낙화〉라는 시를 생각나게 한다. 그는 '나의 청춘은 꽃답게 죽는다/헤어지자/섬세한 손길을 흔들며/하롱하롱 꽃잎이 지는 어느 날'이라고 읊었다. 늦은 봄날의 낙화에서 느껴지는 '슬픈 아름다움'이 반세기 이상 떨어진 두 시인에게서 어쩌면 이렇게 같다는 말인가?

그런데 이형기는 흩어지는 낙화를 보면서 '격정을 인내'하고 '샘터에 물 고이듯 성숙하는' 슬픈 영혼을 본다. 반면 소월은 '서럽지 않은가'(9행)라고 외칠 뿐이다. 세월 따라 상전벽해(桑田碧海)가 되는 세상사가 그저 서러울 뿐이다. 이 차이가 반세기의 차이일까? 반세기만에 한국의 시가 이만큼 성숙한 것일까? 아니면, 단지 두 시인이 갖고 있는 내면의 차이일 뿐인가?

황촉불

황촉불, 그저도 까맣게
스러져 가는 푸른 창을 기대고
소리조차 없는 흰 밤에,
나는 혼자 거울에 얼굴을 묻고
뜻없이 생각없이 들여다보노라.
나는 이르노니, "우리 사람들
첫날밤은 꿈속으로 보내고
죽음은 조는 동안에 와서,
별 좋은 일도 없이 스러지고 말어라."

이 시의 공간은 황촉불 스러져가는 적막한 방이다. 시적 화자는 푸른 창에 기대어 서서 거울을 들여다보고 있다. 고독한 생존의 모습을 비춰보고 있는 것이다. 이 시의 거울 이미지는 윤동주 시의 거울과 아주 다르다. 윤동주의 거울이 자아성찰의 거울이라면, 소월의 거울은 허무적인 인간 존재를 비추는 거울이다.

1행의 '그저도'는 허무적인 인간 존재의 모습을 단적으로 표현한다. 즉 이 시어는 '아직까지도'의 의미가 아니라, '아무런 이유도 없이'라는 의미로 읽히는 것이다. 스러져가는 황촉불처럼, 인간의 삶도 살아가는 것이 아니라 꺼져가는 것임을 화자는 누차 강조한다. 마지막 행 '별 좋은 일도 없이 스러지고'는 1~2행의 '그저도 까맣게 스러져'를 서술적으로 풀어준다.

일반적으로 촛불은 자신을 불태워 남을 비추는 긍정적인 의미로 사용된다. 또는 불꽃의 의미가 강조되어, 불꽃같은 정열적인 삶을 의미하기도 한다. 그런데 소월은 그런 일반적인 의미를 모두 거부하고, 정반대로 스러져가는 허무한 삶의 상징으로 촛불을 바라보고 있다. 요절했던 젊은 시인의 삶에 대한 자세가 단적으로 드러난다고 할 수 있다.

맘에 있는 말이라고 다 할까 보냐

하소연하며 한숨을 지으며
세상을 괴로워하는 사람들이여!
말을 나쁘지 않도록 좋이 꾸밈은
닳아진 이 세상의 버릇이라고, 오오 그대들!
맘에 있는 말이라고 다 할까보냐.
두세 번 생각하라, 위선 그것이
저부터 밑지고 들어가는 장사일진댄.
사는 법이 근심은 못 가른다고,
남의 설움을 남은 몰라라.
말마라, 세상, 세상 사람은
세상에 좋은 이름 좋은 말로써
한 사람을 속옷마저 벗긴 뒤에는
그를 네길거리에 세워 놓아라, 장승도 마치 한가지.
이 무슨 일이냐, 그날로부터,
세상 사람들은 제각금 제 비위의 헐한 값으로
그의 몸값을 매마자고* 덤벼들어라.
오오 그러면, 그대들은 이후에라도
하늘을 우러르라, 그저 혼자, 섧거나 괴롭거나.

소월시를 주로 감상적인 정서의 표출이라고 생각하는 사람들에게, 이 시는 다소 생경하게 느껴질 것이다. 이 시는 정서가 아닌 지시적 의미 자체가 지배적인 특질을 형성하고 있기 때문이다.

　화자는 인간의 위선과 비정함을 직설적인 언어로 쏟아 놓고 있지만, 그것과 정면으로 맞서 대결하지는 않는다(못한다). 다만 하늘을 우러르며, 위선과 비정함을 경계하거나 그로 인한 설움과 괴로움을 혼자서 달랠 뿐이다. 이때의 '하늘'(18행)은 절대 이념의 공간으로서, 저만치 존재하는 '객관적 대상으로서의 하늘'일 뿐이다. 그것은 위선과 비정함이 난무하는 인간사와는 무관하게 존재하며, '저만치 혼자서 피어 있'는 〈산유화〉의 꽃과 같은 존재이다. 이것을 주체와 대상의 분리로 이해할 수 있다.

　결국 인심과 천심이 일치하던 전통적인 동양의 자연관에서 벗어나, 근대적인 세계로 편입하는 자아의 모습을 볼 수 있다. 그런데 화자가 이성에 입각한 근대적 합리성을 먼저 경험하지 못하고 인간의 위선과 비정함에 먼저 눈뜬은 식민지 상황에서 체험한 왜곡된 근대성이라고 보면 어떨까?

＊매마자고: (값을) 매기자고. 기본형은 '매마다'임.

훗길

어버이님네들이 외우는 말이
"딸과 아들을 기르기는
훗길을 보자는 심성이로라".
그러하다, 분명히 그네들도
두 어버이 틈에서 생겼어라.
그러나 그 무엇이냐, 우리 사람!
손들어 가르치던 먼 훗날에
그네들이 또다시 자라 커서
한길같이 외우는 말이
"훗길을 두고 가자는 심성으로
아들딸을 늙도록 기르노라".

부모들은 자식을 길러 뒷날을 맡기려 한다. 늙음과 죽음의 공포에 대비하고 자 하는 것이다. 그러는 사이 어느새 삶은 다 지나간다. '먼 훗날'(7행)이라는 시어는 삶의 덧없음을 표현한다. 그때가 되면 이미 다 커버린 자식들이 또 자기의 뒷날을 맡길 자식을 기른다. 삶은 이렇게 이어질 뿐이다.

　이 시의 화자는 부모에게서 자식으로 이어지는 이런 평범한 진리를 이미 너무 잘 알고 있다. 늙고 죽어감으로써만 자신의 존재를 지속시키는 삶의 역설이, 그 평범한 진리가 슬프게 느껴지는 시이다. 소월은 〈사노라면 사람은 죽는 것을〉, 〈부귀공명〉, 〈후살이〉, 〈안해 몸〉 등에서도 삶에서 느끼는 평범한 진리를 노래했다. 너무 젊은 나이에 삶의 평범한 진리를 깨달은 소월은 그것에 대해 실망하며 담담한 슬픔을 내비쳤다.

　젊은 나이에 삶을 깨닫는다는 것은 왠지 안쓰러운 일이다. 깨달음이 곧 삶의 본질에 대한 실망으로 이어지기 때문이다. 그래서 천재들은 요절하게 되는지 모를 일이다.

부부

오오 안해여, 나의 사랑!
하늘이 묶어준 짝이라고
믿고 살음이 마땅치 아니한가.
아직 다시 그러랴, 안 그러랴?
이상하고 별나운 사람의 맘,
저 몰라라, 참인지, 거짓인지?
정분으로 얽은 딴 두 몸이라면.
서로 어그점인들 또 있으랴.
한(限) 평생이라도 반백 년
못 사는 이 인생에!
연분의 긴 실이 그 무엇이랴?
나는 말하려노라, 아무려나,
죽어서도 한곳에 묻히더라.

이 시에 나타난 부부애는 소월이 노래하는 사랑의 또 다른 층위를 보여준다. 부부애를 연분(緣分), 즉 하늘이 베푼 인연이라고 생각했던 우리 겨레의 심층 심리를 확인할 수 있다.

　이 시는 '연분'(11행)과 '정분'(7행)을 아주 다른 것으로 표현한다. 연분은 하늘이 맺어준 부부 간의 사랑을, 정분은 부부가 아닌 남녀의 사랑을 의미한다. '정분이 났다'는 말은 막 불붙기 시작한 남녀의 사랑에 대한 관습적 표현이다. 정분난 남녀는 사랑하면서도 한편으로는 서로에 대한 온갖 의심을 끊지 못한다. 4~6행까지 이어지는 '그러랴, 안 그러랴', '이상하고 별나운', '참인지, 거짓인지' 등은 정분난 남녀의 불완전한 사랑을 표현한다.

　반면, 부부애는 '하늘이 묶어준 짝'(2행)이라는 운명적 인식에서 출발하기 때문에 결코 끝나지 않거나 결별하지 않는다. 그냥 묵묵히 믿고 살아갈 뿐이다. '아무려나,/죽어서도 한곳에 묻히더라'(12~13행)라는 마지막 구절은 현실적인 장애가 많더라도 결코 떨어지지 못할 연분을 표현한다.

나의 집

들가에 떨어져 나가 앉은 멧기슭의
넓은 바다의 물가 뒤에,
나는 지으리, 나의 집을,
다시금 큰길을 앞에다 두고.
길로 지나가는 그 사람들은
제각금 떨어져서 혼자 가는 길.
하이얀 여울턱에 날은 저물 때.
나는 문간에 서서 기다리리
새벽새가 울며 지새는 그늘로
세상은 희게, 또는 고요하게,
번쩍이며 오는 아침부터,
지나가는 길손을 눈여겨보며,
그대인가고, 그대인가고.

서정적 자아는 존재의 집을 세운다. '길손'(12행)의 모습으로 다가올 님을 위해서다. 뿐만 아니라 집 앞에는 큰길도 새로 낸다(다시금 큰길을 앞에다 두고).

　큰길을 따로 내야 하는 곳, '멧기슭'(1행), '물가 뒤'(2행)처럼 한적한 곳에 집을 짓는 이유는 무엇일까? 그것은 이미 존재하는 낡은 터가 아니라, 반짝이는 새 터를 마련하겠다는 서정적 자아의 의지이며 다짐이다. 그것은 곧 길손에 대한 배려이다. 서정적 자아가 꿈꾸며 건설하고자 하는 세계는 희고 고요하며, 또한 번쩍이며 오는 아침같은 세계이다. 그곳은 다름 아닌 현실적인 삶의 고통과 슬픔이 사라진, 개벽한 후천 세상일 수도 있으며, 조국 광복의 비원이 현실적으로 구현된 독립한 민족국가일 수도 있다. 어쨌든 이 시에는 기다림의 철학이 깃들어져 있다.

새벽

낙엽이 발이 숨는 못물가에
우뚝우뚝한 나무 그림자
물빛조차 어섬푸레히 떠오르는데,
나 혼자 섰노라, 아직도 아직도,
동녘 하늘은 어두운가.
천인(天人)에도 사랑 눈물, 구름 되어,
외로운 꿈의 베개 흐렸는가
나의 님이여, 그러나 그러나
고이도 붉으스레 물 질러와라*
하늘 밟고 저녁에 섰는 구름.
반달은 중천에 지새일 때.

시적 화자는 큰 나무가 서 있는 물가에 있다. 남근 형상인 나무는 여성의 자궁을 상징하는 물속에 그림자를 드리우고 있다. 나무 그림자와 물빛은 '어섬푸레히 떠오르'(3행)면서 서로를 희롱하고 사랑한다. 이처럼 대상들이 성적 상징으로 느껴질 때 화자는 자신이 혼자임을 새삼 인식한다.

　화자인 '나'(4행)는 혼자이다. 혼자인 '나'는 님(天人)도 나처럼 혼자라서 사랑 눈물을 흘릴 것이라고 생각한다. 그러나 소월의 많은 시에서 볼 수 있듯이, 현실의 '나'는 님이 있는 환상의 세계로 갈 수 없다. '나'와 님이 만나기 위해서는 님이 '나'에게로 오는 수 밖에 없다. 이 시의 화자는 그런 비극적인 상황을 숙명으로 받아들인 걸까? 화자는 님의 도래를 밤을 지새우면서 기다린다.

　화자의 생각 속으로, 못물을 가로질러 오는 님의 모습은 무척이나 환상적이다. '고이도 붉으스레 물 질러와라／하늘 밝고 저녁에 섰는 구름'(9~10행). 님은 저녁놀이 사라지고 반달이 밤을 지새우는 내내 나와 함께 하다가, 새벽이 되면 떠나가 버린다. 환상처럼 왔다가 가는 것이다.

＊질러와라: 가로질러 와라. 기본형은 '질러오다'임.

구름

저기 저 구름을 잡아타면
붉게도 피로 물든 저 구름을,
밤이면 새카만 저 구름을.
잡아타고 내 몸은 저 멀리로
구만리 긴 하늘을 날아 건너
그대 잠든 품속에 안기렸더니,
애스러라, 그리는 못한대서,
그대여, 들으라 비가 되어
저 구름이 그대한테로 내리거든,
생각하라, 밤저녁, 내 눈물을.

'그대여, 들으라 비가 되어／저 구름이 그대한테로 내리거든／생각하라, 밤저녁, 내 눈물을'이라는 마지막 3행은 조선시대 정철의 가사 작품 〈사미인곡〉의 종결부를 생각나게 한다.

소월시에 나타나는 미래는 항상 현실화될 수 없는 미래, 가상의 시간이다. 화자는 구름을 잡아타고 '긴 하늘'(5행)을 날아 건너 님(그대)의 품에 안기고 싶지만 그럴 수 없다. 존재의 유한성 때문에 '비'로나 님의 곁에 다가갈 수 있을 뿐이다. 즉 님과 화자 사이에는 극복할 수 없는 거리가 존재한다고 할 수 있다.

그렇다면 화자와 님(그대) 사이에 가로놓인 거리는 과연 얼마나 클까? 화자는 '구름', 구름의 변화태인 '비'를 매개로 해서 님을 만날 수 있다. 하지만 그 매개물조차도 '저기 저' 거리만큼 떨어져 있다. 그 거리는 5행에서 '구만리'라는 명시적 시어로 등장한다. 우리는 '구만리'라는 시어에서 『장자』 소요유 편에 나오는, 붕새의 구만리 장천을 떠올리지 않을 수 없다. 그렇다면 님과 화자는 도대체 얼마나 먼 거리를 사이에 두고 존재한다는 것인가? 그들은 결코 만날 수 없는 거리에 있다. 그래서 '눈물'(10행)만 흘릴 뿐이다.

여름의 달밤

여름의 달밤

서늘하고 달 밝은 여름 밤이여
구름조차 희미한 여름 밤이여
그지없이 거룩한 하늘로서는
젊음의 붉은 이슬 젖어 내려라.

행복의 맘이 도는 높은 가지의
아슬아슬 그늘 잎새를
배불러 기어 도는 어린 벌레도
아아 모든 물결은 복받았어라.

벋어 벋어 오르는 가시덩굴도
희미하게 흐르는 푸른 달빛이
기름 같은 연기에 멱감을러라.
아아 너무 좋아서 잠 못 들어라.

우긋한 풀대들은 춤을 추면서
갈잎들은 그윽한 노래부를 때.
오오 내려 흔드는 달빛 가운데
나타나는 영원을 말로 새겨라.

자라는 물벼 이삭 벌에서 불고
마을로 은(銀) 숫듯이 오는 바람은
눅잣추는 향기를 두고 가는데
인가들은 잠들어 고요하여라.

하루 종일 일하신 아기 아버지
농부들도 편안히 잠들었어라.
영 기슭의 어득한 그늘 속에선
쇠스랑과 호미뿐 빛이 피어라.

이윽고 식새리의 우는 소리는
밤이 들어가면서 더욱 잦을 때
나락밭 가운데의 우물가에는
농녀(農女)의 그림자가 아직 있어라.

달빛은 그무리며 넓은 우주에
잃어졌다 나오는 푸른 별이요.
식새리의 울음의 넘는 곡조요.
아아 기쁨 가득한 여름 밤이여.

삼간 집에 불붙는 젊은 목숨의
정열에 목맺히는 우리 청춘은
서늘어운 여름 밤 잎새 아래의
희미한 달빛 속에 나부끼어라.

한때의 자랑 많은 우리들이여
농촌에서 지나는 여름보다도
여름의 달밤보다 더 좋은 것이
인간에 이 세상에 다시 있으랴.

조그만 괴로움도 내어버리고
고요한 가운데서 귀기울이며
흰달의 금물결에 노를 저어라
푸른 밤의 하늘로 목을 놓아라.

아아 찬양하여라 좋은 한때를
흘러가는 목숨을 많은 행복을.
여름의 어스러한 달밤 속에서
꿈같은 즐거움의 눈물 흘러라.

소월시 중에 가장 긴, 12연으로 된 시이다. 각 연은 4행으로 이루어지며, 모든 연의 네 번째 행에서는 ~어라, ~이어, ~으랴 등의 감탄형 종결어미를 반복적으로 사용하였다. 뿐만 아니라 시의 후반부로 갈수록 감탄형으로 종결되는 시행이 많아지고 있어, 소월 자신이 감상 속으로 깊숙이 빠져들고 있음을 볼 수 있다.

　여름밤 농촌의 풍요롭고 아름다운 한때를 감상적인 어조로 읊은 이 시는 크게 3부분으로 나누어진다. 자연물의 풍요로움을 노래한 1~4연, 농가의 평안함을 노래한 5~8연, 그리고 화자 자신을 대상화시킨 9~12연. 화자의 시선은 우선 높은 '하늘'(3행)로부터 시작해서, 나무의 '높은 가지'(5행), 달빛 감도는 '가시덩굴'(9행), 그리고 춤추는 '풀대'(13행) 등 점차 낮은 곳으로 이동하며 자연의 영원한 풍요로움을 새긴다. 두 번째 부분에서는 먼 '벌'(17행)에서 가까운 인가로, 다시 '넓은 우주'(29행)로 오가면서 조화로움을 탐색하고 노래한다.

　그러고 나서 화자는 9~12연에서 '우리 청춘'(34행)을 생각하며 눈물을 흘린다. 그 눈물은 말 그대로 '꿈같은 즐거움의 눈물'(48행)이기도 하지만, '좋은 한때'(45행)가 너무 짧다는 회한의 눈물로 받아들여지기도 한다. 전체적으로 볼 때, 감상성이 우선하는 말이 많은 시이지만, 청춘이라는 시간이 가지는 이중적인 의미를 잘 포착했다고 할 수 있다.

오는 봄

봄날이 오리라고 생각하면서
쓸쓸한 긴 겨울을 지나보내라.
오늘 보니 백양의 벋은 가지에
전에 없이 흰새가 앉아 울어라.

그러나 눈이 깔린 두던 밑에는
그늘이냐 안개냐 아지랑이냐.
마을들은 곳곳이 움직임 없이
저편 하늘 아래서 평화롭건만.

새들게 지껄이는 까치의 무리.
바다를 바라보며 우는 까마귀.
어디로서 오는지 종경 소리는
젊은 아기 나가는 조곡*일러라.

보라 때에 길손도 머뭇거리며
지향없이 갈 발이 곳을 몰라라.
사무치는 눈물은 끝이 없어도
하늘을 쳐다보는 살음의 기쁨.

저마다 외로움의 깊은 근심이
오도가도 못하는 망상거림에
오늘은 사람마다 님을 여의고
곳을 잡지 못하는 설움일러라.

오기를 기다리는 봄의 소리는
때로 여윈 손끝을 울릴지라도
수풀 밑에 서리운 머리카락들은
걸음걸음 괴로이 발에 감겨라.

감상과 애상에 젖은 소월시의 모습을 단적으로 보여주는 작품이다. 시의 전체적인 분위기를 형성하는 것은 종경 소리이다. 죽은 아기를 위한 조곡(弔曲)처럼 들리는 종경 소리는, 봄이 오는 길목의 평화로움과 생동감을 산산히 흩어버린다.

　중국의 어느 시인은, 봄비는 들판을 가로질러 나가는 상여소리와 같다고 했던가. 소월의 이 시는 상여소리와 같은 봄의 애상감을, 조곡처럼 들리는 종경 소리 속에 담아 놓았다. 1연에서는 백양나무 가지에 앉아 우는 '흰새'를 통해 아기의 죽음에 대한 전조를 보여준다. 개구리 뛰쳐나오는 생동감 넘치는 봄날은 어디로 가고, 봄을 앞질러 '젊은 아기'(12행)를 위한 조곡이 먼저 들려오는 것일까?

　이 시에서 소월은 흰새, 아지랑이 낀 마을의 평화로움 등을 근심, 망상거림, 설움 등에 결부시킨다. 물론 '살음의 기쁨'(16행)을 외치기도 하지만, 그것은 아기의 죽음을 조상하는 음악 소리에 이내 묻혀 버리고, 봄날은 서럽고 괴롭게 발에 감겨 온다.

─────────

＊ 조곡(弔曲): 죽음을 슬퍼하며 위로하는 노래.

물마름

주으린 새무리는 마른 나무의
해지는 가지에서 재갈이던 때.
온종일 흐르던 물 그도 곤하여
놀지는 골짜기에 목이 메던 때.

그 누가 알았으랴 한 쪽구름도
걸려서 흐느끼는 외로운 영(嶺)을
숨차게 올라서는 여윈 길손이
달고 쓴 맛이라면 다 겪은 줄을.

그곳이 어디드냐 남이장군(南怡將軍)이
말 먹여 물 찌었던 푸른 강물이
지금에 다시 흘러 뚝을 넘치는
천백리 두만강이 예서 백십리.

무산(茂山)의 큰 고개가 예가 아니냐
누구나 예로부터 의를 위하여
싸우다 못 이기면 몸을 숨겨서
한때의 못난이가 되는 법이라.

그 누가 생각하랴 삼백년래(三百年來)에
참아 받지 다 못할 한과 모욕을
못 이겨 칼을 잡고 일어섰다가
인력의 다함에서 쓰러진 줄을.

부러진 대쪽으로 활을 메우고
녹슬은 호미쇠로 칼을 별러서
도독(荼毒)*된 삼천리에 북을 울리며
정의의 기를 들던 그 사람이여.

그 누가 기억하랴 다북동(茶北洞)*에서
피물든 옷을 입고 외치던 일을
정주성 하룻밤의 지는 달빛에
애끊친* 그 가슴이 숯기 된 줄을.

물위의 뜬 마름에 아침 이슬을
불붙는 산마루에 피었던 꽃을
지금에 우러르며 나는 우노라
이루며 못 이룸에 부(簿)한 이름을.

이 시는 각 행이 7·5조이고, 매 연은 4행씩 총 8연으로 되어 있다. 형식적 단조로움과는 달리, 역사의 단절을 흐름이 멈춘 물에 비유하면서 새로운 각성을 주문하는 주제 의식은 묵직하다.

　1연에는 동적인 이미지 때문에 자유로움의 상징이던 새와 물이 자유로움을 상실한 모습으로 등장한다. 날아오를 힘조차 없는 '주으린 새무리'(1행)와 흐름이 멈추어버린 곤(困)한 '물'(3행)이 등장한다. 이를 속박과 구속에 신음하는 식민지 백성의 상징으로 본다면, 2연의 '길손'의 의미는 절로 분명해진다. '길손'은 1연의 이미지를 고스란히 넘겨받으면서, 동시에 온갖 어려움을 무릅쓰고 영(嶺)을 넘으려는 의지의 표상으로 보인다.

　3~4연에는 역사적 인물이면서 전설 속의 영웅인 남이 장군이 나온다. 또 5~7연은 다북동에서 일어나 정주성(定州城)의 패전으로 끝을 맺은 홍경래 난의 설화를 배경으로 깔고 있다. 집단적인 공유물이라 할 수 있는 전설이나 설화적인 요소를 차용한 것은 민족의 심층 심리에 내재한 저항 정신과 정의감을 일깨우려는 시인의 시적 전략이다. 길손은 이런 전략 속에서 다시 한 번 의지의

＊도독 : 씀바귀의 독. 참기 어려운 심한 고통을 의미함.
＊다북동 : 홍경래가 기병하여 난을 일으킨 곳. 다복동(多福洞)이라고도 함.
＊애끊친 : 몹시 슬퍼서 창자가 끊어질 듯한. 기본형은 '애끊치다.'

표상으로 거듭 태어나게 되는 것이다.

　의미상으로 첫 연과 수미상관을 이루는 마지막 연은, 그 배경이 다시 식민지 현실이다. 역사에서 체득한 저항 정신과 정의감은, 식민지 현실을 다시 보게 만든다. 그러자 저항하지 못하고 안주하는 삶이 부끄러워지고, 추문이 된다. 역사가 단절된 지금을 목 놓아 울부짖게 만드는 것은 아마도 이런 부끄러움이었을 것이다.

바리운 몸

우리 집

이바루
외따로 와 지나는 사람 없으니
"밤 자고 가자" 하며 나는 앉어라.

저 멀리, 하늬 편에
배는 떠나 나가는
노래 들리며

눈물은
흘러나려라
스르르 내려 감는 눈에.

꿈에도 생시에도 눈에 선한 우리 집
또 저 산 넘어 넘어
구름은 가라.

화자는 집이 없는(집을 떠난) 슬픈 존재로서, 변방 의식을 느낀다. '이바루/외따로'(1~2행) 떨어진 곳은, 지나는 사람 하나 없는, 세상의 변방이다. 화자는 이런 변방에서 헤매는 지친 나그네다. 그러니 편안한 안식처에 대한 생각이 간절하지 않을 수 없다.

　자연히 화자의 생각은 집을 향해 길을 떠난다. 그 집은 '꿈에도 생시에도 눈에 선한'(10행) 집이다. 언젠가는 진짜로 돌아가야 할, 돌아가고 싶은 집인 것이다.

　그러나 집으로 가는 길을 산이 첩첩 가로막고 있다. 산은 집으로의 회귀를 막는 부정적인 존재이다. 집으로 가기 위해서는, 가로막고 서 있는 산을 우회하든지 아니면 그것을 넘어가야 한다. 우회하는 방법은 바닷길을 택하는 것이다. 우회를 생각하면 멀리서 뱃노래가 들리고, 산을 넘을까 생각하면, 장애물에 구애받지 않는 자유스런 구름이 보인다. 청각도 시각도 모두, 잃어버린 집을 향한다. 모든 감각이 집으로 쏠릴수록 화자의 변방 의식은 그만큼 확대된다. 이때 변방을 헤매는 나그네의 눈에 눈물이 없을 것인가!

들돌이

들꽃은
피어
흩어졌어라.

들풀은
들로 한 벌 가득히 자라 높았는데
뱀의 헐벗은 묵은 옷은
길 분전의 바람에 날아 돌아라.

저 보아, 곳곳이 모든 것은
번쩍이며 살아 있어라.
두 나래 펼쳐 떨며
소리개도 높이 떴어라.

때에 이내 몸
가다가 또다시 쉬기도 하며,
숨에 찬 내 가슴은
기쁨으로 채워져 사뭇 넘쳐라.

걸음은 다시금 또 더 앞으로……

'들돌이'는 '들(野)'과 '돌다(回)'와 명사 파생접사 '-이'가 결합된 합성어로, 산과 들을 돌며 노는 일을 뜻한다고 한다. 식민지 상황에서 그나마 우리의 산하를 마음껏 밟고 돌아다님은 얼마나 가슴 뛰고 흥분된 일일까? '헐벗은 묵은 옷'(6행)이 바람에 날려가는 것이라든지, '두 나래 펼쳐 떨며'(10행) 높이 떠 있는 소리개는 화자의 마음속에 충만한 생동감을 표현하기에 충분하다.

 시적 화자가 벅차오르는 감정에 휩싸여 들판 한가운데를 걸어나가고 있는 이 작품은, 어딘지 모르게 이상화의 〈빼앗긴 들에도 봄은 오는가〉를 닮아 있다. 14~16행은 이상화 시의 화자가 '온몸에 햇살을 받고 푸른 하늘과 푸른 들이 맞붙은 곳으로' 자꾸 걸어만 가는 모습을 연상시킨다. 아무튼, 신명나게 들판을 돌아다니는 화자의 벅찬 희열감이 잘 나타나 있다.

 화자가 느끼는 희열감은, 조국 산하에 대한 식을 줄 모르는 애정의 다른 표현으로 보인다. 당시 유행하던 국토 순례와 국토 예찬은 곧 민족에 대한 애정의 다른 형식이었던 것이다.

바리운 몸

꿈에 울고 일어나
들에
나와라.

들에는 소슬비
머구리는 울어라.
풀 그늘 어두운데

뒷짐지고 땅 보며 머뭇거릴 때.

누가 반딧불 꾀어드는 수풀 속에서
"간다 잘 살어라" 하며, 노래 불러라.

4연으로 된 시이다. 각 연의 행위 주체는 1연에서부터 (화자) – 머구리 – (화자) – 누가 등으로 변한다. 2연에는 머구리 외에도 소슬비 풀 그늘 등의 자연물이 등장한다. 또 4연의 '누가'는 인간일 수도 있지만, 2연의 머구리 같은 자연물일 수도 있다.

　이렇게 볼 때, 이 시는 화자(인간)와 자연물이 서로 번갈아드는 양상을 보인다. 1연에서 화자가 울자, 2연에의 머구리도 운다. 3연에서 화자가 머뭇거리자, 4연에서 누군가도 머뭇거린다(수풀 속에서 노래하는 행위는 머뭇거림의 다른 표현일 수 있다). 인간사를 자연물에 투사하여 감정이입시키는 소월시의 특징을 잘 보여주고 있는 것이다. 그리고 자연물에 투사되는 감정이란 다름 아닌 이별의 슬픔이다. 4연으로 가면 그것이 확실해진다.

　4연에서 누군가 흥얼거리는 노래는 〈바리운 몸〉이라는 제목과 결부시켜 볼 때, 이별의 노래이며, 흐느낌의 노래이며, 한의 노래이다. '간다 잘 살어라'(9행)는 이별을 통보하는, 거역할 수 없는 님의 목소리처럼 들린다.

엄숙

나는 혼자 뫼 위에 올랐어라.
솟아 퍼지는 아침 햇볕에
풀잎도 번쩍이며
바람은 속삭여라.
그러나
아아 내 몸의 상처 받은 맘이여
맘은 오히려 저프고* 아픔에 고요히 떨려라
또 다시금 나는 이 한때에
사람에게 있는 엄숙을 모두 느끼면서.

접속어 '그러나'(5행)를 중심으로 의미상 앞뒤 대칭을 이루고 있다. 1~4행에서는 아침 나절의 성성하고 싱그러운 자연을 묘사하였다. 햇빛의 상승과 확산('솟아 퍼짐'), 풀잎의 반짝임, 바람의 속삭임 등과 같이 밝고 역동적인 아침 풍경이 묘사되어 있다.

　반면에 6행 이후는 시적 화자의 어둡고 불안한 정황이 노출되어 있다. 맘은 상처를 입어, 두려움('저프고')과 아픔에 떨고 있다. 내면 속으로 끝없이 침잠하는 화자의 모습이 보인다.

　화자는 밝고 역동적인 자연 앞에 서 있지만, 끝없이 침잠한다. 이런 화자는 비극의 주인공과 흡사한 모습이다. 시의 제목 〈엄숙〉은 비극의 주인공이 지니는 비장함으로서의 엄숙함일 것이다.

＊ **저프고**：기본형은 '저프다', '두렵다'의 옛말.

바라건대는 우리에게
우리의 보섭 대일 땅이 있었더면

나는 꿈꾸었노라, 동무들과 내가 가즈란히
벌가의 하루 일을 다 마치고
석양에 마을로 돌아오는 꿈을,
즐거이, 꿈 가운데.

그러나 집 잃은 내 몸이여,
바라건대는 우리에게 우리의 보섭 대일 땅이 있었더면!
이처럼 떠돌으랴, 아침에 저물손에
새라 새롭은 탄식을 얻으면서.

동이랴, 남북이랴,
내 몸은 떠가나니, 볼지어다,
희망의 반짝님은, 별빛이 아득님은.
물결뿐 떠올라라, 가슴에 팔다리에.

그러나 어쩌면 황송한 이 심정을! 날로 나날이 내 앞에는
자칫 가느른 길이 이어가라. 나는 나아가리라
한 걸음, 또 한 걸음. 보이는 산비탈엔
온 새벽 동무들 저저 혼자…… 산경을 김매이는.

이 시는 소월의 민족의식이 가장 직접적으로 드러난 시이다. 흔히 소월은 자기 초월적이고, 관념적이며 현실 도피적인 개인주의적 성향의 시들만을 쓴 것으로 기억되기도 한다. 그러나 그의 민요시에서 볼 수 있듯이, 소월은 짙은 민족주의적 색채의 시도 많이 썼다.

　1연에서는 하루의 농사일을 끝내고 석양에 마을로 돌아오는 행복한 생활을 노래한다. 그러나 그런 생활은 꿈으로만 존재한다. 이미 화자는 '집 잃은'(5행) 몸이다. 집을 잃었다는 것은 농사지을 땅을 빼앗겼다는 것이다. '보섭 대일 땅'(6행) 한 자락 없이 '산비탈'(15행)에서 뿔뿔이 흩어져 '저자 혼자······산경'(16행)을 일구거나, 그나마도 여의치 않으면 조국을 등지고 만주로 간도로 이국을 떠돈다. 아침저녁으로 새로운 탄식이 생긴다는 7~8행에 이르러서는 땅을 떠나 유랑하는 실향민의 상실감이 깊게 느껴진다.

　이 시는 집 잃은 농부의 상실감을 통해 조국을 잃은 망국민의 한을 표현하였다. 조국을 빼앗김으로서 집도 잃고 농사지을 땅도 잃게 된 현실을 날카롭게 지적하면서 민족의식의 각성을 주문하고 있는 것이다. 소월은 후에 〈나무리벌 노래〉에서 이런 주제 의식을 보다 애닯게 형상화하기도 했다.

밭고랑 위에서

우리 두 사람은
키 높이 가득 자란 보리밭, 밭고랑 위에 앉았어라.
일을 필(畢)하고 쉬이는 동안의 기쁨이여.
지금 두 사람의 이야기에는 꽃이 필 때.

오오 빛나는 태양은 내려 쪼이며
새 무리들도 즐거운 노래, 노래 불러라.
오오 은혜여, 살아있는 몸에는 넘치는 은혜여
모든 은근스러움이 우리의 맘속을 차지하여라.

세계의 끝은 어디? 자애의 하늘은 넓게도 덮혔는데,
우리 두 사람은 일하며, 살아 있어서,
하늘과 태양을 바라보아라, 날마다 날마다도,
새라 새롭은 환희를 지어내며, 늘 같은 땅 위에서.

다시 한 번 활기있게 웃고 나서, 우리 두 사람은
바람에 일리우는 보리밭 속으로
호미 들고 들어갔어라, 가즈란히 가즈란히,
걸어 나아가는 기쁨이어, 오오 생명의 향상이여.

소월시는 시간적 배경이 주로 저녁이나 밤이다. 또한 달빛, 비, 눈물(울다), 무덤 등 하강적인 우울한 분위기의 소재들이 많이 등장한다. 하지만 이 시의 시간적 배경은 '태양이 내려 쪼이'(5행)는 한낮이다. 건강한 노동과 휴식, 그것으로부터 오는 환희와 즐거움이 가득 넘치는 시이다. 시의 화자는 '우리'(1행, 8행, 10행, 15행)라는 공동체 의식을 강하게 느끼며, 생명력이 넘치는 세계로 나아가고 있다.

이 시가 발표된 1920년대는 우리 민족의 해외 이주나 이산이 점차 확산되어 가던 때였다. 국내에서 맛보는 식민지 백성으로서의 현실적인 좌절과 고통이 그만큼 커져가고 있었던 것이다. 이러한 때에 소월은 이 시를 통해 생명감이 충만한 '우리'라는 민족공동체에 대한 '그리움'을 드러내 보이고 있다. 〈바라건대는 우리에게 우리의 보섭 대일 땅이 있었더면〉에서 보여주었듯이, 뿔뿔이 흩어져 산경(山耕)이나 가꾸어야 하는 민족적 현실에 비추어 본다면, 소월시가 도달했던 최고 높이의 '정치적 낭만성'이 바로 이 시에서 실현되었다고 할 수 있다.

'우리'는 강인하고 건강한 한낮의 노동을 통해 생존과 공존의 뿌리를 내리고, '날마다 늘 같은 땅 위에서'(12행) 새로운 환희를 지어내면서, '세계의 끝'(9행)까지 '자애의 하늘'(9행)을 넓게 드리울 수 있는 날을 기다려 볼 일이다.

저녁 때

마소의 무리와 사람들은 돌아들고, 적적히 빈 들에,
엉머구리 소리 우거져라.
푸른 하늘은 더욱 낮추, 먼 산비탈길 어둔데
우뚝우뚝한 드높은 나무, 잘새도 깃들어라.

볼수록 넓은 벌의
물빛을 물끄러미 들여다보며
고개 수그리고 박은 듯이 홀로 서서
긴 한숨을 짓느냐. 왜 이다지!

온 것을 아주 잊었어라, 깊은 밤 예서 함께
몸이 생각에 가비엽고, 맘이 더 높이 떠오를 때.
문득, 멀지 않은 갈숲 새로
별빛이 솟구어라.

황혼 무렵에 시작된 화자의 사색은 별이 뜨는 저녁 때까지 계속된다. 한 편의 한시를 보는 듯한 첫째 연에서는 주변 풍경이 객관적으로 그려지고 있다. 사람과 짐승들은 농사일을 마무리하고 집으로 돌아가고, 잘새(4행)도 둥지를 찾아 깃들이는 시간이다.

　'빈 들'(1행)이라는 시어에서는 부재 의식(님의 부재)에서 오는 공허감을 눈치챌 수 있다. 밤이 깊어갈수록 부재 의식은 확대된다. '볼수록 넓은 벌'(5행)은, 확대되는 부재 의식과 그에 따라 커지는 공허감의 다른 표현일 뿐이다. '긴 한숨'(8행)을 짓고 나서야, 화자는 평온함을 느낀다. 절정에 이른 공허감이 긴 한숨으로 반전의 계기를 맞은 것이다.

　'온 것을 아주 잊었'(9행)을 때, 몸은 생각보다 가볍고, 맘은 몸보다 가벼워진다. 가벼워진 맘을 따라 '물빛을 물끄러미 들여다보며 / 고개 수그리고'(6~7행) 있던 시선은 상승 운동을 한다. 별빛을 좇아 하늘로 올라가는 것이다. 대상에 대한 집착을 버렸을 때 존재가 느끼는 가벼움을 시화한 것이라고 할 수 있다. 그런데 과연 소월은 대상에 대한 집착을 얼만큼 버릴 수 있었을까, 의심스럽다.

합장

들이라. 단 두 몸이라. 밤 빛은 배여와라.
아, 이거 봐, 우거진 나무 아래로 달 들어라.
우리는 말하며 걸었어라, 바람은 부는 대로.

등불 빛에 거리는 헤적여라, 희미한 하늬 편에
고이 밝은 그림자 아득이고
퍽도 가까인, 풀밭에서 이슬이 번쩍여라.

밤은 막 깊어, 사방은 고요한데,
이마즉, 말도 안하고, 더 안가고,
길가에 우두커니. 눈감고 마주서서.

먼 먼 산. 산 절의 절 종소리. 달빛은 지새어라.

화자는 누군가와 달빛 아래를 걷고 있다. '아, 이거 봐, 우거진 나무 아래로 달들어라.'(2행) 이 시구는 깊은 산사를 거니는 노승과 동자승의 대화처럼 편안하게 들린다.

　하늬 편(4행)은, 서쪽을 가리키는 말로, 불교에서는 서방정토 곧 진리의 세계가 있는 방향이다. 진리의 방향에서 '고이 밝은 그림자'(5행)가 아득이는 것을 보는 순간, 화자는 득도라도 한 것일까? 다음 순간 '풀밭에서 이슬이 번쩍'(6행)이는 것을 본다. 이슬은 곧 영롱하게 다가오는 진리 그 자체이다.

　이제 사방은 고요해지고, 화자는 말도 않고 눈도 감는다. 진리를 깨닫고 나면 세상의 모든 시끄러운 번사는 사그라드는 것일까? 말하지 않고 보지 않아도 절로 충만해지는 것일까? 또한 그때 멀리서 산 절의 종소리가 달빛을 따라 들려온다. 진리를 세상 멀리 퍼트리는 종소리인 것이다. 아름다운 소리이다. 무아(無我)의 경지에서 진리를 체득한 사람만이 그 아름다움을 느낄 수 있을 것이다. 이런 때 어느 누가 두 손 모아 합장하지 않을 수 있을까?

묵념

이슥한 밤, 밤기운 서늘할 제
홀로 창턱에 걸어앉아, 두 다리 늘이우고,
첫 머구리 소리를 들어라.
애처롭게도, 그대는 먼첨 혼자서 잠드누나.

내 몸은 생각에 잠잠할 때. 희미한 수풀로서
촌가의 액막이 제(祭) 지내는 불빛은 새어오며,
이윽고, 비난수*도 머구 소리와 함께 잦아져라.
가득히 차오는 내 심령은…… 하늘과 땅 사이에.

나는 무심히 일어 걸어 그대의 잠든 몸 위에 기대어라
움직임 다시없이, 만뢰(萬籟)*는 구적(俱寂)*한데,
조요(照耀)히 내려 비추는 별빛들이
내 몸을 이끌어라, 무한히 더 가깝게.

주객의 경계가 소멸된 상태는 서정시들이 갖는 일반적인 특성이다. 이 시의 화자는 바로 그런 경지로 들어가고 있다. 비난수가 머구리(개구리) 소리와 함께 잦아지는 시간이란 자정도 훨씬 지나 새벽이 가까운 시간이다. '액막이 제(祭)'(6행)를 통해 모든 부정함과 사악함이 물러간 이 새벽까지, 시적 화자는 온 밤을 '묵념'에 잠겨 있다. 묵념은 다름 아닌 존재의 무게를 털어버리려는 구도의 행위이다. 존재의 무게가 사라지면, 대상과 나는 합일의 상태에 이른다.

　주객 분리의 시간과 주객 합일의 시간이 나뉘는 곳에 '무심히'(9행)라는 시어가 놓여 있다. '무심히'라는 시어는, 모든 의도와 생각이 무화되는, 대자연의 비밀스런 정령을 만나는 바로 그 순간을 지칭한다. '무심히'의 상태에 들어섰을 때, 화자는 모든 존재의 무게를 털어버리고 별빛처럼 가벼운 몸으로 돌아간다. 이는 만물과 교감할 수 있는 순수한 영혼의 상태이다. 〈합장〉이라는 시에서 그랬듯이, 이 시 역시 맑고 가벼운 영혼의 세계를 그려내고 있다.

＊ **비난수**: 무당이 귀신에게 비는 소리.
＊ **만뢰**: 자연계에서 나는 온갖 소리.
＊ **구적**: 모두 소리 없이 잔잔함.

고독

열락

어둡게 깊게 목메인 하늘.
꿈의 품속으로서 굴러나오는
애달피 잠 안오는 유령의 눈결.
그림자 검은 개버드나무에
쏟아져 내리는 비의 줄기는
흐느껴 비끼는 주문의 소리.

시커먼 머리채 풀어헤치고
아우성하면서 가시는 따님.
헐벗은 벌레들은 꿈틀일 때,
흑혈(黑血)의 바다. 고목(枯木) 동굴.
탁목조(啄木鳥)의
쪼아리는 소리, 쪼아리는 소리.

이 시는 높은 상징성을 가진다. 어두운 시대의 현실을 매우 날카롭게 그려내면서 삶의 억압과 질곡으로부터 벗어나길 열망하는 화자가 등장한다.

시의 화자에게 개버드나무에 쏟아지는 빗줄기는 주술적인 힘을 지닌 '주문의 소리'(6행)로 들린다. 시각 이미지인 빗줄기를 주문 소리로 듣는 공감각적인 표현이 절묘하다. 빗줄기는 다시 2연에 이르러서는 풀어헤친 '시커먼 머리채'(7행)로 변하고, 주문 소리는 딸의 아우성으로 바뀐다. 오싹하고 소름끼치는 공간에 대한 묘사이다. 이는 다시, '흑혈(黑血)의 바다'(10행), '고목(枯木) 동굴(洞窟)'(10행)이 되어, 음산하고 암울하며 생명력이 고갈된 식민지 현실을 가리키게 된다. 바다의 액체성과 동굴의 고체성을 병치시켜 시공간을 확대시키고 이미지의 환기력을 강화시키고 있다.

탁목조(딱따구리)는 바로 그런 죽음의 공간인 '고목 동굴'(10행)을 쪼아대고 있는 것이다. 이런 의미에서, 마지막 두 행, '탁목조(啄木鳥)의/쪼아리는 소리'(11~12행)는 고갈된 생명력을 소생시키는 역동적인 청각 이미지이다. 이 소리는 삶의 생명력을 일깨우는 강력한 환기력을 갖는다. 소월시 중에서도 〈진달래꽃〉이나 〈산유화〉에 버금가는, 수준급에 드는 시이다.

무덤

그 누가 나를 헤내는 부르는 소리
붉으스름한 언덕, 여기저기
돌무더기도 움직이며, 달빛에,
소리만 남은 노래 서리워 엉겨라,
옛 조상들의 기록을 묻어둔 그곳!
나는 두루 찾노라, 그곳에서,
형적 없는 노래 흘러 퍼져,
그림자 가득한 언덕으로 여기저기,
그 누구가 나를 헤내는 부르는 소리
부르는 소리, 부르는 소리,
내 넋을 잡아끌어 헤내는 부르는 소리.

이 시에서 무덤이 부르는 소리는 민족혼을 일깨우는 소리이다. 화자가 무덤을 '조상의 기억을 묻어 둔 그곳'(5행)이라고 했을 때, 그것은 이미 멸망한 조국을 의미한다. 식민지 시대의 문학에서 무덤은 흔히 식민지 현실을 가리켰다. 따라서 무덤 속 그 누가 부르는 소리는 당대 현실에 대한 민족적 자각을 촉구하는 소리로 해석된다.

　그러나 전혀 다른 해석도 가능하다. 무덤의 소리는, 죽음이 유혹하는 소리일지도 모른다. 조숙하고 다감한 천재였던 소월이 무너진 청춘의 꿈을 애달파하면서 고향 땅 구석에 옹박혀 지낼 때, 그는 스스로 무덤의 손짓을 보았는지도 모른다.

　죽음의 초대, 혹은 죽음의 유혹. '붉으스름한 언덕, 여기저기/돌무더기도 움직이며, 달빛에,'(2~3행)는 모골이 송연할 정도로 소름끼치는 표현이다. 이 시는 〈초혼〉의 경우처럼, 시 전편에 누군가를 부르는 아우성으로 가득하다. 하지만 아우성의 방향은 정반대이다. 〈초혼〉이 내가 혼을 부르는 아우성이라면, 이 시는 혼들이 내 넋을 잡아끄는 아우성이다.

비난수 하는 맘

함께 하려노라, 비난수 하는 나의 맘,
모든 것을 한 짐에 묶어 가지고 가기까지,
아침이면 이슬 맞은 바위의 붉은 줄로,
기어오르는 해를 바라다 보며, 입을 벌리고.

떠돌아라, 비난수 하는 맘이어, 갈매기같이,
다만 무덤뿐이 그늘을 어른이는 하늘 위를,
바닷가의. 잃어버린 세상의 있다던 모든 것들은
차라리 내 몸이 죽어 가서 없어진 것만도 못하건만.

또는 비난수 하는 나의 맘, 헐벗은 산 위에서,
떨어진 잎 타서 오르는, 냇내*의 한줄기로,
바람에 나부끼라 저녁은, 흩어진 거미줄의
밤에 매던* 이슬은 곧 다시 떨어진다고 할지라도.

함께 하려 하노라, 오오 비난수 하는 나의 맘이여,
있다가 없어지는 세상에는
오직 날과 날이 닭 소리와 함께 달아나 버리며,
가까웁는, 오오 가까웁는 그대뿐이 내게 있거라!

'비난수'란 정주 지방의 방언으로, 무당이나 소경이 귀신에게 비는 말이라고 한다. 이를테면, 넋두리, 공수 등을 가리킨다. 이 시에서는 기도하거나 기원하는 마음 정도로 이해하면 좋을 듯하다.

　무엇을 기도하고 기원하는가? 그것은 마지막 시행에 나타나 있다. 화자는 '가까웁는 그대'가 언제나 자기 곁에 있기를 기도하고 기원한다. 비록 지금 이 세상이 없어진다 해도, 혹은 닭소리와 함께 모든 시간이 소멸된다 해도 '그대'만 곁에 있으라는 바람이다. 화자는 아침부터 저녁까지, '하늘 위'(6행), '바닷가'(7행), '헐벗은 산 위'(9행)를 떠돌며 기도하고 기원한다. 그리고 이는 '모든 것을 한 짐에 묶어 가지고'(2행) 가야 하는 죽음의 그 순간까지 계속될 영원한 기도이자 기원이다.

　3연으로 오면, 화자는 기원하는 자기 마음이 깃발처럼 바람에 나부끼기를 바란다. '비난수 하는 나의 맘⋯⋯ 바람에 나부끼라'(9~11행). 그래서 산 위에 피어오르는 연기('봉화'를 연상할 수 있음)처럼 아주 멀리까지 자기 마음을 알게 하려 한다.

＊ 냇내: 무엇이 탈 때 나는 냄새나 연기.
＊ 매던: 『진달래꽃』 초간본에는 '매든든'으로 표기되어 있음.

찬 저녁

퍼르스럿한 달은, 성황당의
데군데군 헐어진 담 모도리에
우둑히 걸리웠고, 바위 위의
까마귀 한 쌍, 바람에 나래를 펴라.

엉기한 무덤들은 들먹거리며,
눈 녹아 황토 드러난 멧기슭의,
여기라, 거리 불빛도 떨어져 나와,
집 짓고 들었노라, 오오 가슴이여

세상은 무덤보다도 다시 멀고
눈물은 물보다 더 더움이 없어라.
오오 가슴이여, 모닥불 피어오르는
내 한세상, 마당가의 가을도 갔어라.

그러나 나는, 오히려 나는
소리를 들어라, 눈석이물*이 씩어리는,
땅 위에 누워서, 밤마다 누워,
담 모도리에 걸린 달을 내가 또 봄으로.

이 시의 화자는 현실 세계에 동화되지 못하고 먼 거리를 유지한다. 자아와 현실 세계와의 거리가 무덤 곧 죽음과의 거리보다도 멀다(9행)고 한 시구가 먼저 눈에 들어온다. 이는 삶을 유지하려는 본능보다 죽음의 충동에 이끌려 내면으로 침잠해 들어가는 화자의 내면 풍경에 다름 아니다.

이 시에서 계절은 가을이 막 지난 초겨울이다. 가슴 따뜻하게 모닥불 피어오르던 '마당가의 가을'(12행)은 다 지나가고, '눈석이물'(14행)이 찌걱거리며 녹아내리는 겨울에 들어선 것이다. 이런 초겨울의 저녁 풍경은 쓸쓸하고 황량하기 이를 데 없다. 더욱이 성황당 담장에 걸린 '퍼르스럿한 달'(1행)과, 바람을 타고 활공하는 '까마귀'(4행), 엉성하게 자리잡은 '무덤들'(5행)은 스산함을 더한다.

초겨울 저녁이 그렇게 스산하게 느껴질 때면 인생도 이미 가을을 지난 것이다. '내 한세상,/마당가의 가을도 갔어라'(12행)는 인생의 가을이 지났음을 표현한다. 그리고 죽음이 이어진다. 죽은 화자는 밤마다 '땅 위에 누워서'(15행) 달을 본다.

＊**눈석이물** : 쌓인 눈이 속으로 녹아서 흐르는 물. '눈석임물'이라고도 함.

초혼

산산히 부서진 이름이여!
허공 중에 헤여진 이름이여!
불러도 주인 없는 이름이여!
부르다가 내가 죽을 이름이여!

심중(心中)에 남아 있는 말 한마디는
끝끝내 마저 하지 못하였구나.
사랑하던 그 사람이여!
사랑하던 그 사람이여!

붉은 해는 서산 마루에 걸리웠다.
사슴이의 무리도 슬피 운다.
떨어져 나가 앉은 산 위에서
나는 그대의 이름을 부르노라.

설움에 겹도록 부르노라.
설움에 겹도록 부르노라.
부르는 소리는 비껴가지만
하늘과 땅 사이가 너무 넓구나.

선 채로 이 자리에 돌이 되어도
부르다가 내가 죽을 이름이여!
사랑하던 그 사람이여!
사랑하던 그 사람이여!

유교의 예법에는 사람이 죽었을 때 행하는 복(復)이라는 의식이 있다. 죽은 사람이 생전에 입던 옷을 들고 지붕에 올라가 '복'을 세 번 외치는 의식이 그것이다. 복이란 돌아오라는 뜻인데, 죽은 자의 혼령을 불러들이고자 하는 초혼 의식이라고 할 수 있다. 차마 죽은 이를 떠나보낼 수 없는 마음이 잘 표현된 의식이다.

이 시의 특징인 시어의 반복은, 사랑하던 사람을 차마 떠나보낼 수 없는 마음을 절절히 표현하는 데 효과적이다. 1연의 '이름이여', 2연과 5연의 '사랑하던 그 사람이여!', 4연의 '설움에 겹도록 부르노라'와 같은 반복은 시에 리듬을 부여할 뿐만 아니라, 외침을 동반하면서 시의 분위기를 격정으로 이끌어간다. 그 격정의 외침은 현실적 계산이 없는 영원한 사랑이자 영원한 동경을 향해 열려 있다.

그러나 '하늘과 땅 사이가 너무 넓'(16행)어서 초혼가는 끝내 하늘에 닿지 못하고 만다. 말하자면 끝내 혼과의 접속은 이루어지지 못한다. '떨어져 나가 앉은 산 위'(11행)에서의 외침에는 어차피 메아리가 있을 수 없다. 산산히 흩어지고 부서지고 사라질 뿐이다. 그렇기 때문에 '선 채로 이 자리에 돌이 되'(17행)도록 영원한 사랑과 동경을 보내고 있을 뿐이다. 부르다가, 부르다가, 지치고 지쳐, 끝내 망부석 되어, 아니 망혼석이 되어 서게 됐을 때에나 그 초혼제가 끝이 날런지?

이 시는, 애인의 이름을 부르는 행위에 가탁하여, 인간 존재의 본질적인 고독감을 표현하고 있다. 또는 무한한 미지의 세계를 향하는 어떤 동경을 표현하기도 한다. '서산 마루의 붉은 해'(9행)를 배경으로 '슬피 우는 사슴의 무리'(10행)를 생각하면 인간의 고독과 동경을 표현하기 위한 은유로서 이보다 적합한 것이 다시 있을까 싶다.

여수 旅愁

여수

여수(旅愁)*

一

유월 어스름 때의 빗줄기는
암황색의 시골(屍骨)*을 묶어 세운 듯,
뜨며 흐르며 잠기는 손의 널쪽은
지향도 없어라, 단청의 홍문(紅門)*

二

저 오늘도 그리운 바다,
건너다 보자니 눈물겨워라!
조그마한 보드라운 그 옛적 심정의
분결 같던 그대의 손의
사시나무보다도 더한 아픔이
내 몸을 에워싸고 휘떨며 찔러라,
나서 자란 고향의 해 돋는 바다요.

〈여수(旅愁)〉는 1, 2로 나누어져 있는 작품이다. 1, 2를 별개의 작품으로 보기도 하고, 한 작품으로 보기도 하는데, 여기서는 후자를 택했다.

유월 어느 날 황혼 무렵에 쏟아지는 빗줄기를 만나면 사람들은 보통 무얼 생각하고 무얼 연상할까? 저마다 다르겠지만, 시인 김소월은 참으로 특이한 연상을 한다. 어스름의 빗줄기에서 암황색의 송장 뼈다귀를 연상한 것이다. 빗줄기 하나하나를 송장의 뼈다귀라고 바꾸어 놓는 이런 상상력은 어디서 온 것인가?

시인의 연상 작용은 '빗줄기−시골(屍骨)−널쪽−단청의 홍문' 순으로 전개된다. 이들 이미지는 두 번에 걸쳐 크게 변한다. 이렇게 변하는 곳에서 생긴 상상력의 깊은 골은 독자가 메꾸어야 한다. 다음에 제시하는 민요 〈배따라기〉를 참고해 볼 수 있을 것 같다. 이 민요는 김소월의 고향인 서도민요이다.

타고 다니는 것은 칠성판(七星板)이요
먹고 다니는 것은 사자(使者)밥이라
입고 다니는 것은 매장포(埋葬布)로다.
(중략)
배 널 조각을 칩더 타고

---

* **여수(旅愁)**: 객지에서 느끼는 쓸쓸함이나 시름.
* **시골(屍骨)**: 시체의 뼈.
* **홍문(紅門)**: 열녀나 효자를 표창하기 위해 그 집 앞에서 세우던 붉은 문.

무량대해로 내려갈 제
초록 같은 물에 안개가 자욱하니
갈 길이 천린지 만린지
지향무처(指向無處)로구나.

삶을 지향 없는 항해에 비유하여, 삶이 죽음으로 곧바로 통한다는 의식을 보여주고 있다. 어느 여름날 무심히 내리는 빗줄기에서 송장 뼈다귀를 연상하고, 여기서 다시 널쪽(칠성판:관 속 바닥에 까는 널조각)을 떠올리는 소월의 상상력이 이와 다르지 않다.

그런데 소월은 여기서 한 걸음 더 나간다. '시골'과 '널쪽'을 통해 연상된 죽음은 곧바로 '홍문'(4행)을 통해 열녀의 죽음으로 연결된다. 8행의 '분결 같던 그대의 손'에서 화자는 가문의 영광을 위해 젊고 꽃다운 나이에 열녀로 생을 마감했던 이들을 떠올리고 있다. 그리고 그들이 겪었을 '사시나무보다도 더한 아픔'(9행)을 공감한다.

나그네인 화자는 어느 열녀를 기리는 홍문에 굵은 빗줄기가 쏟아져 내리는 것을 보면서 삶과 죽음의 경계에서 머뭇거리고 있는 것이다.

진달래꽃

개여울의 노래

그대가 바람으로 생겨났으면!
달 돋는 개여울의 빈 들 속에서
내 옷의 앞자락을 불기나 하지.

우리가 굼벵이로 생겨났으면!
비오는 저녁 캄캄한 영 기슭의
미욱한 꿈이나 꾸어를 보지.

만일에 그대가 바다 난끝의
벼랑에 돌로나 생겨났다면,
둘이 안고 굴며 떨어나지지.

만일에 나의 몸이 불귀신이면
그대의 가슴속을 밤도와 태워
둘이 함께 재 되어 스러지지.

이 시는 가정법의 형태를 띤 4개의 연으로 이루어져 있다. 1연과 3연에서는 '그대'가, 2연과 4연에서는 '우리(나)'가 가정의 대상이 된다. 그대와 나를 번갈 아 쳐다보는 화자의 시선이 사뭇 안타깝다. 가정의 대상이 '그대−우리−그대− 나'로 바뀌면서, 감정은 더욱 고조된다.

　감정의 고조는 일상성 속에서는 체험하기 힘들다. 아니 일상성을 벗어났을 때에만 감정의 고양 상태에 이를 수 있다. 그런 면에서, 이 시의 공간적 배경들 은 화자의 감정 고양을 위해 특별히 배려된 면이 있다. '달 돋는 개여울의 빈 들'(2행) '비오는 저녁 캄캄한 영 기슭'(5행) '바다 난끝의 벼랑'(7~8행) 등은 절 망적 낭만성을 통해 화자를 감정의 고양 상태로 이끈다.

　감정이 고조될 대로 고조된 화자는, 4연에서 재가 되어 스러지고자 한다. 소 멸을 통한 사랑의 완성을 생각한 것일까? 『삼국유사』에는 선덕여왕에 대한 지 귀의 간절한 사랑이 〈심화요탑〉이라는 설화로 전해온다. 사랑의 감정이 심화 즉 마음의 불로 화해서 탑을 불사른다는 이야기이다. 이 설화의 지귀처럼, 이 시의 화자도 소멸을 통해 님과의 영원한 화합을 바란 것일까?

길

어제도 하룻밤
나그네 집에
까마귀 가왁가왁 울며 새었소.

오늘은
또 몇 십리
어디로 갈까.

산으로 올라갈까
들로 갈까
오라는 곳이 없어 나는 못 가오.

말 마소 내 집도
정주곽산(定州郭山)[*]
차 가고 배 가는 곳이라오.

여보소 공중에
저 기러기
공중엔 길 있어서 잘 가는가?

여보소 공중에
저 기러기
열십자 복판에 내가 섰소.

갈래갈래 갈린 길
길이라도
내게 바이 갈 길은 하나 없소.

시적 화자는 길 위에 서 있다. 하지만 그 길은 잃어버린 길이다. 어디로부터 와서, 어디를 지향해 가야 할지를 알지 못한다. 이런 '길 잃음'의 정서는 '집 없음'과 마찬가지로 나라를 잃어버린 망국민의 비애로부터 비롯된다.

1연의 까마귀의 울음소리 '가왁가왁'(3행)은 독특한 맛과 울림을 느끼게 하는 음성 상징어이다. 시 전편에 속속들이 침투하는 그 음성 상징어는 서러운 통곡 소리 '꺼억꺼억'이라는 말을 연상시키면서, 망국민의 서러움을 환기시킨다. 또한 마지막 연에서는 'ㄱ'음이 압도적인 음량으로 반복되고 있다. 독일 문예학자들은 연구개음(ㄱ)이 음향적으로 어두운 느낌을 준다고 하였다. 방향감각의 상실로 인한 화자의 어두운 심경이 'ㄱ'음을 통해 강하게 발산되고 있다.

열십자 복판에 서 있는 '나'는 방향감각을 상실한 식민지 지식인이다. '나'는 실존적 위기를 겪으며 정신적으로 방황하고 있다. '나'는 의식의 지평을 확대하여 새로운 공간으로 날아올라야 한다. 5연과 6연에 등장하는 '기러기'는 그런 바람의 표상이다.

※ **정주곽산(定州郭山)** : 정주군 곽산면은 소월의 고향임.

개여울

당신은 무슨 일로
그리합니까?
홀로히 개여울에 주저앉아서

파릇한 풀포기가
돋아 나오고
잔물은 봄바람에 헤적일 때에

가도 아주 가지는
않노라시던
그러한 약속이 있었겠지요

날마다 개여울에
나와 앉아서
하염없이 무엇을 생각합니다

가도 아주 가지는
않노라심은
굳이 잊지 말라는 부탁인지요

고려가요 중에 〈서경별곡〉이라는 시가가 있다. 또 고려 때 정지상이 지은 한시 〈송인〉이라는 작품이 있다. 이 두 편의 시에서 대동강은 님을 떠나보내는 이별의 공간이다. 한국인의 정서 속에서, 강물은 늘 이별의 장소이며, 재회를 희구하는 기다림의 공간이었다. 즉 이별과 만남의 상징이며 은유였던 것이다.

　소월의 〈개여울〉은 바로 이러한 한국인의 정서를 그대로 받아들이고 있다. 비록 거대한 강물이 작은 개여울로 바뀌어 있긴 하지만 말이다. 1연에서 화자는 제삼자의 입장을 취한다. 사랑의 당사자가 아니라 그것을 지켜보는 관찰자의 입장은 3연까지 지속된다.

　하지만 4연에 오면 과거 시제가 현재 시제로 바뀌면서 화자는 슬며시 사랑의 당사자로 변한다. 개여울에 나와 '하염없이 무엇을 생각'(12행)하는 사람은 바로 화자 자신이다. 3연에서 제삼자의 추측으로만 존재했던 '가도 아주 가지는/않노라'(7~8행)라는 님의 진술은, 5연에 오면 기정사실이 된다.

　과거에는 님이 앉아 있던 개여울에 이제는 화자가 앉아 있다. 떠나간 님이 그랬듯이, '날마다'(10행) 개여울에 나와 앉아 있는 것이다. 님을 잊지 못해 님의 행동을 반복적으로 따라하고 있다. 5연 마지막 행에서는 님을 잊지 않겠다는 스스로의 결의를 드러내 보이기도 한다. 잊지 않겠다는 자기 스스로의 결의가 마치 님의 부탁에 의한 것인 양, '굳이 잊지 말라는 부탁인지요'(15행)라고 능청까지 떤다.

가는 길

그립다
말을 할까
하니 그리워

그냥 갈까
그래도
다시 더 한 번……

저 산에도 까마귀, 들에 까마귀,
서산에는 해 진다고
지저귑니다.

앞 강물, 뒷 강물,
흐르는 물은
어서 따라 오라고 따라 가자고
흘러도 연달아 흐릅디다려.

이 시의 의미 구조는 1연과 2연의 대립에서 발생한다. 1연에서는 '말을 할까' 하다가 2연에 오면 '그냥 갈까' 하며 망설이고 머뭇거린다. 저뭇한 풍경 속에 망설임과 머뭇거림이 인상적이다. '그래도/다시 더 한 번……'(5~6행)에서 확인할 수 있는 것처럼, 화자는 선뜻 행동하지 못하고 지속적인 망설임을 보여준다.

그런 망설임은 3연의 '서산에 지는 해'라는 삶의 유한적 시간성에 의해 결단을 재촉당하는 듯하다. 하지만 그것은 망설임의 강화라고 해석하는 것이 좋을 듯하다. '서산에 지는 해'는 일몰의 시간, 즉 낮과 밤의 중간, 삶과 죽음, 노동과 휴식이 엇갈리는 경계선 상에 있는 시간을 의미한다. 일종의 시간의 매듭에 해당한다. 망설임은, 이와 같은 시간의 매듭을 통해 심리적 안정감을 획득하면서 강화되고 확장된다. 시적 긴장이 최고조에 이른 부분이다.

망설임과 매듭은 4연에 오면, 강물의 유동성과 연속성 때문에 다시 한 번 도드라져 보인다. 즉 화자는 강물과는 달리, 연달아 흐르지도 못하고, 그립다고 말을 하지도 못하고 그냥 가버리지도 못한다. 마지막 행의 마지막 시어 '흐릅디다려'(13행)에서의 종결어미 '려'는 화자의 객관화된 전언의 태도를 보여주어, 자신과 강물을 뚜렷이 분리시킨다. 강물은 끊임없이 따라오고 따라가면서 흐르고, 3연의 '해'도 서쪽으로 쉬지 않고 움직이지만, 오직 화자 자신만은 망설이면서 한 발짝 내딛지 못한다.

결국 이 시는 〈가는 길〉이라는 제목과는 달리, 한 발도 성큼 내딛지 못하는 화자의 상황을, 망설임을 표현하고 있다. 그리움, 그리고 그로 인한 망설임은 인간의 한 존재 양상으로, 이 시의 주제 의식과 직결된다.

왕십리

비가 온다
오누나
오는 비는
올지라도 한 닷새 왔으면 좋지.

여드레 스무날엔
온다고 하고
초하루 삭망이면 간다고 했지.
가도 가도 왕십리 비가 오네.

웬걸, 저 새야
울려거든
왕십리 건너가서 울어나 다오,
비 맞아 나른해서 벌새가 운다.

천안에 삼거리 실버들도
촉촉히 젖어서 늘어졌다데.
비가 와도 한 닷새 왔으면 좋지.
구름도 산마루에 걸려서 운다.

이 시는 의미의 모호성과 운다는 내용의 반복에서 오는 감상성 때문에 소월의 대표작에서 빠지는 경우가 많다. 그러나 1연의 '오다', 2연의 '가다', 3연의 '울다' 등에서 볼 수 있듯이, 말을 여러 가지로 변형시켜 조화롭게 배치하면서 그 사이에 함축적 의미를 담아 놓았다. 이러한 함축성의 차원에서 본다면, 의미의 모호성은 오히려 내포적 의미의 다양성으로 인식될 수도 있다.

'비가 온다 / 오누나'(1~2행)라는 이 시의 첫 연은 마치 반가운 심정을 나타내는 탄성처럼 들리기도 한다. 비가 오면 님이 오는 것일까? 그래서 환호하는 것일까? 아니면 오라는 님은 아니 오고, 비만 오는 실망감을 역으로 과장되게 드러낸 것일까? 또는 비를 핑계로, 님이 오지 못하는 기정 사실을 스스로 위안하기 위해 허세를 부려 목소리를 돋구어 보는 것일까?

2연으로 오면 그것이 분명해진다. 스무여드레 날에 왔다가 초하루에는 떠난다고 했던 님은 오지를 않고, 왕십리 전역에 비만 오고 있다. 결국 1연은 환호가 아니라 오지 않은 님에 대한 실망감의 표현이다. 그리고 화자는 님이 안 온 것에 비 핑계를 댈 수 있도록 비가 '한 닷새 왔으면'(4행) 좋겠다고 한다. 닷새는 스무여드레(28일)로부터 스무아흐레(29일), 서른 날(30일), 그믐(31일), 그리고 초하루(1일)까지, 정확히 님이 내게 와 있겠다고 약속했던 기간이다.

3연에 등장하는 벌새는 그 작고 쓸쓸한 모습으로 인해서 화자 자신의 시름과 우울함을 환기시킨다. 그러면서 그것은 화자의 슬프고 외로운 심경을 멀리 있는 님에게 전달해 줄 매개체이다. 화자가 벌새에게 '왕십리 건너가서'(11행) 울어달라고 주문하는 것은 자신이 있는 왕십리가 아니라 님이 있는 그곳에 가서 울어달라는 부탁에 다름 아니다. 하지만 벌새는 왕십리를 떠나지 않고 '나른'(12행)하게 울어댄다. 시에서는 '나른함'과 '늘어짐'의 독특한 분위기를 증폭시키기 위해 비음 'ㄴ'을 무려 27회나 사용하였다.

4연에 등장하는 '천안에 삼거리'(13행)는 아마도 님이 간 곳이리라. 떠도는 님은 교통의 요지였던 천안 삼거리로 흘러들어 풍류를 즐겼던 것일까? 화자는 그곳에 비라도 뿌려 자기 소식을 알리고 싶다. 벌새가 외면한 부탁을 비에게 다시 의탁하고 싶은 것이다. 그래서 비가 '한 닷새 왔으면'(15행) 좋겠다고 다시 바란다. 비가 줄기차게 닷새는 내려야 님도 내 존재를 기억할 테니까.

이 시는 오지 않는 님을 기다리는 시름과 우울함을 비오는 날의 지루하고 나른한 정서에 연결해 놓았다. 여기에 왕십리라는 고달픈 주변부 삶의 정서가 더해진다. 이 시의 분위기가 비 맞은 실버들 가지처럼 축축 늘어지는 것이 이런 이유 때문이다.

원앙침

바드득 이를 갈고
죽어 볼까요
창가에 아롱아롱
달이 비친다

눈물은 새우잠의
팔굽베개요
봄꿩은 잠이 없어
밤에 와 운다.

두동달이베개는
어디 갔는고
언제는 둘이 자던 베갯머리에
"죽자 사자" 언약도 하여 보았지.

봄 메의 멧기슭에
우는 접동도
내 사랑 내 사랑
좋이 울 것다.

두동달이베개는
어디 갔는고
창가에 아롱아롱
달이 비친다.

님을 여의고, 홀로 쓸쓸한 잠자리에 들어, 님과 함께 베던 '두동달이베개'(9, 17행)를 어루만질 때에 들리는 접동새 소리에는 가장 한국적인 외로운 정서가 깃들어 있다.

이 시의 1연은 처연한 아름다움(혹은 비극적 아름다움)을 보여준다. 죽음을 생각하는 안타까운 상황인데 창가에는 아롱아롱 달빛이 내리고 있는 것이다. 그런데 여기에 제시된 달빛은 하나의 정황일 뿐이다. 2연에서는 님이 그리워 밤잠을 못 이루는 화자의 처지가 '봄꿩'에게 일부 의탁된다. 그리고 3연에서는 넋두리 형식으로 심경을 직접 진술한다. 이처럼 1~3연을 거치면서 '정황 제시 – 심경 의탁 – 넋두리' 순으로 화자는 급격하게 무너진다. 그리고 4~5연을 지나면서 화자는 다시 역순으로 정신을 수습하고, 시는 다시 정황 제시를 통해 마무리된다.

심경을 일방적으로 표출하거나, 감정이입된 자연만을 일방적으로 노출하는데서 오는 감상성을 탈피하는 힘은, 바로 이 시가 지닌 이러한 구조에서 온다. 자연과 인간의 교묘한 교차가 슬픔을 절제하고 정화시키는 방법이 된 것이다. 또한 이 시는 절망적인 상황 속에서도 결코 파멸하지 않고, 은근한 정신력을 통해서 자신을 지탱해 나가는 한국인의 모습을 보여준다.

무심

시집와서 삼년
오는 봄은
거친 벌 난벌에 왔습니다

거친 벌 난벌에 피는 꽃은
졌다가도 피노라 이릅디다
소식없이 기다린
이태 삼년

바로 가던 앞강이 간 봄부터
굽이돌아 휘돌아 흐른다고
그러나 말 마소, 앞여울의
물빛은 예대로 푸르렀소

시집와서 삼년
어느 때나
터진 개 개여울의 여울물은
거친 벌 난벌에 흘렀습니다.

시집와서 삼 년째, 봄은 벌판에 다시 찾아왔고, 꽃은 일상처럼 다시 피었다. 하지만 기다린 지 이태 지나 다시 삼 년이 되어도 님의 소식은 없다. 기다림은 하염없이 계속되고 화자는 애가 탄다.

　그런데 기다림에 애가 타는 화자와 달리, '무심'한 자연은 변화가 없다. '바로 가던 앞강'(8행)이 '굽이돌아 휘돌아'(9행) 흐른다는 것은 큰물이 져서 홍수가 난 후 물길이 새롭게 바뀌었다는 의미이다. 그런데도 '그러나 말 마소'(10행)라고 한다. 한마디로 소란 피울 것 없다는 것이다. 왜냐하면 아무리 물길이 새로 났다 해도 '물빛은 예대로'(11행) 푸르기 때문이다. 비록 강의 모양은 바뀌었지만 그 본질은 변함이 없는 것이다. 한마디로 자연은 이렇게도 '무심'할 뿐이다.

　그러고 보니 애면글면하는 것은 사람들이다. 4연에서는 '시집와서 삼년/어느 때나'(12~13행) 결코 '무심'할 수 없었던 화자의 심리가 잘 표현되어 있다. 여기서 화자의 내면은 홍수가 진 들판에 비유된다. 터진 물이 아무렇게나 어지럽게 흐르는 난벌처럼, 님을 향한 마음은 종잡을 수 없게 터져 흐른다.

산

산새도 오리나무
위에서 운다
산새는 왜 우노, 시메산골
영(嶺) 넘어 갈라고 그래서 울지.

눈은 내리네, 와서 덮이네.
오늘도 하룻길
칠팔십리
돌아서서 육십리는 가기도 했소.

불귀, 불귀, 다시 불귀,
삼수갑산에 다시 불귀.
사나이 속이라 잊으련만,
오십년 정분을 못 잊겠네

산에는 오는 눈, 들에는 녹는 눈.
산새도 오리나무
위에서 운다.
삼수갑산 가는 길은 고개의 길.

삼수갑산은 돌아갈 수 없지만, 기어이 돌아가야만 하는 마음의 본향이다. 압록강, 허천강, 장진강의 세 강에서 유래했다는 삼수(三水)라는 이름과 높은 봉우리와 고개가 제일 많다하여 생겨난 갑산(甲山)이란 이름에서 알 수 있듯이, 삼수갑산은 물과 산으로 겹겹이 가로막힌 곳이다. 그런 곳에 눈이 내린다니 갈수록 태산이다. 결국 도저히 돌아갈 수 없는 불가능한 상황이 설정되고 있는 것이다.

　'오리나무'(1연) 위에서 산새가 운다. 산새가 왜 낮은 습지에서만 자라는 오리나무에 와서, '불귀, 불귀, 다시 불귀'(9행) 하고 울어대는가? 결국 산새는 화자 자신인 셈이다. 본향으로부터의 단절과 고립에서 오는 외로움과 고통으로 인해 처절하게 울고 있는 것이다. '산에는 오는 눈, 들에는 녹는 눈'(13행)은 그야말로 진퇴양난의 완전한 고립과 단절의 상황을 표현한다.

　그러나 귀향은 포기할 수 없다. '십오년 정분'(12행)이 쌓인 마음의 본향이기 때문이다. 불가능함에 대한 집요한 동경과 추구, 그것은 바로 찬란하게 좌절하는 비극적 아름다움에 대한 추구이다. 이것이 이 시의 매력이다.

진달래꽃

나 보기가 역겨워
가실 때에는
말없이 고이 보내드리우리다

영변에 약산
진달래꽃
아름 따다 가실 길에 뿌리우리다

가시는 걸음 걸음
놓인 그 꽃을
사뿐히 즈려밟고 가시옵소서

나 보기가 역겨워
가실 때에는
죽어도 아니 눈물 흘리우리다

이 시는 고려가요 〈가시리〉나 조선시대 황진이의 시조에서 표현하는 이별의
정한을 계승하고 있는 한국시의 명편이다. 이별이 주는 정한은 민요에서도 자
주 등장하는 소재로, 우리가 잘 알고 있는 〈아리랑〉뿐만 아니라 각 지방의 구
전민요에서도 잘 나타난다. 충남 청양 지방에서 구전되는 〈이별가〉에서도 이길
수 없는 이별의 슬픔이 골수에 맺혔다고 노래한다.

　　이별될 줄 알았다면, 아예 당초 마를 것을
　　우연히 둘이 만나 이별 말고 사잤더니
　　정들자 이별하니 심화 골수 맺힌 한은
　　이길 가망이 거의 없다

　　〈진달래꽃〉은 2연의 '영변에 약산 진달래꽃'을 제외하고는 모든 부분이 민요
의 7·5조를 바탕으로 하고 있다. 또한 '역겨워', '즈려' 등의 토속어를 사용하여
친근감을 갖게 하였다. 아니 우리의 산하에 지천으로 피고 지는 진달래는 그 자
체로서 친근감의 중요한 요소이기도 하다. 또한 '~리우리다'를 적절히 반복하
여 유성음이 갖는 경쾌함을 통해 이별의 고통이 승화될 수 있는 심리적 출발점
을 마련하고 있다.

　　〈진달래꽃〉의 화자는 여성적 화자이다. 그 화자는 떠나가는 연인을 애써 붙
들지 않는다. 대신 화자는 이별의 슬픔과 고통을 속으로 삭힌다. 자신의 상처는
상처 그대로 수용하고 받아들인다. '죽어도 아니 눈물 흘리우리다'(12행)의 반
어적 표현에서 그런 사정을 엿볼 수 있다. 요즘 젊은이들이 잘 이해할 수 없는,
1920년대식 사랑의 아름다움이다.

삭주구성

물로 사흘 배 사흘
먼 삼천리
더더구나 걸어 넘는 먼 삼천리
삭주구성*은 산을 넘은 육천리요

물 맞아 함빡히 젖은 제비도
가다가 비에 걸려 오노랍니다
저녁에는 높은 산
밤에 높은 산

삭주구성은 산 넘어
먼 육천리
가끔가끔 꿈에는 사오천리
가다오다 돌아오는 길이겠지요

서로 떠난 몸이길래 몸이 그리워
님을 둔 곳이길래 곳이 그리워
못 보았소 새들도 집이 그리워
남북으로 오며 가며 아니 합디까

들 끝에 날아가는 나는 구름은
밤쯤은 어디 바로 가 있을 텐고
삭주구성은 산 넘어
먼 육천리

님과 헤어지면, 지척도 천리라는 말이 있다. 아득하고 막막한 심정이 빚어내는 극복할 길 없는 거리감을 표현하는 말일 것이다. 이 작품은 이런 아득하고 막막한 심정에서 오는 불안감을 밑바탕에 깔고 있다.

아득하고 막막한 심경은 사무치는 그리움 때문에 발생한다. 그리움의 크기에 따라 심리적 거리감이 달라지는데, 삼천리, 육천리, 혹은 사오천리 등의 표현은 바로 그리움의 크기를 측량한 것에 다름 아니다. 삼천리나 되는 그 길은, 비오거나 밤이 되면 육천리로 늘어나고, '가끔가끔 꿈에는 사오천리'(11행)가 되기도 한다. 장애물이 중간을 가로막으면 심리적 거리감은 그만큼 커진다.

그런데 문제는, 꿈이라는 환상 세계에서도 거리감이 완전히 해소되지 않는다는 점이다. 여기서 오는 불안 심리를 조금이라도 완화하는 방법은 무엇일까? 삭주구성 가는 길이 자꾸만 거리로 환산되어 나타나는 이유가 혹시 여기에 있지 않을까? 결국 화자는 삭주구성 가는 머나먼 길의 미지성을, 거리 측량을 통한 기지성으로 바꿈으로써 그 길에 대한 불안감을 해소시키고 있는 것이다.

＊삭주구성(朔州龜城) : 평안도의 삭주군과 구성군.

널

성촌의 아가씨들
널 뛰노나
초파일 날이라고
널을 뛰지요

바람 불어요
바람이 분다고!
담 안에는 수양의 버드나무
채색줄 층층 그네 매지를 말아요

담 밖에는 수양의 늘어진 가지
늘어진 가지는
오오 누나!
휘젓이 늘어져서 그늘이 깊소.

좋다 봄날은
몸에 겹지
널뛰는 성촌의 아가씨네들
널은 사랑의 버릇이라오

이 시에는 어린 화자가 부르는 누나가 등장한다. 그 누나는 '성촌의 아가씨들'(1행) 중의 한 명으로, 고을의 '성'과 집의 '담'이라는 이중으로 폐쇄된 공간에 갇혀 있다. 그 공간은 사월 초파일 같은 명절 때에만 열린 공간으로 바뀐다. 널을 뛰면서 밖을 훔쳐볼 수도 있고, 절에 나들이할 수도 있는 것이다. 그네를 '담 안'(7행)에 매지 않고, '담 밖'(9행)에 매는 것도 그런 이유에서이다. 바로 이때가 젊은 남녀에게는 좋은 기회가 된다. 공식적으로 인정되는 이때를 빙자하여, 은폐되어 오던 춘정을 불태울 수 있기 때문이다.

봄날이 너무 좋아 몸에 겨울 때(4연), 그 몸에 겨움은 발산되어야 한다. 만약 발산되지 않으면, 사회적인 질서와 틀이 위협받기 때문이다. 우리의 전통 사회에서는 '겨움'을 발산하는 공식 통로로 초파일이나 단오와 같은 명절을 마련해 두었다. 그때를 기회로 오고가는 젊은이들의 사랑과, 누나를 보면서 성에 눈뜨는 소년의 심리를 예리하게 포착해 놓은 것이 이 시이다. 소월의 시 중에서도 돋보이는 작품이다.

춘향과 이도령

평양에 대동강은
우리나라에
곱기로 으뜸가는 가람이지요

삼천리 가다 가다 한가운데는
우뚝한 삼각산이
솟기도 했소

그래 옳소 내 누님, 오오 누이님
우리나라 섬기던 한 옛적에는
춘향과 이도령도 살았다지요

이편에는 함양, 저편에 담양,
꿈에는 가끔가끔 산을 넘어
오작교 찾아 찾아 가기도 했소

그래 옳소 누이님 오오 내 누님
해 돋고 달 돋아 남원 땅에는
성춘향 아가씨가 살았다지요

소월시에는 민담을 소재로 차용하여 민요적 분위기를 자아내는 시들이 많다. 〈접동새〉, 〈팔벼개 노래〉, 〈물마름〉 등이 그 예이다. 이 시 〈춘향과 이도령〉은 비록 민담을 차용한 것은 아니지만 우리의 고전소설 『춘향전』을 토대로 구성되었다.

1~2연은 삼천리 강산을 한눈에 조망하는 듯한, 한걸음에 성큼성큼 지나가는 듯한 느낌을 준다. 그러다 평양의 대동강과 한양의 삼각산에 잠깐 머무는 듯하다. 이런 느낌은 시간과 공간을 성큼성큼 이동할 수 있는 전설적인 상상력을 바탕으로 한다고 할 수 있다. 3연 이하도 『춘향전』과 견우직녀의 설화를 바탕으로 설화적 분위기를 만들고 있다. 집단적 상상력을 이용해 '내 누님'의 서글픈 사랑 이야기를 쉽게 풀어내고 있는 것이다.

한편 12행은 서둘지 않고 시나브로 찾아간다는 '차차 찾아가기도'로 많이 읽혀 왔다. 하지만 초간본의 원표기가 '차자차자 가기도 햇소'이기 때문에 '찾아 찾아 가기도 했소'로 읽는 것이 온당하다. 또한 이렇게 읽어야 앞 시행과 대구를 이루며 운율이 살아난다.

접동새

접동
접동
아우래비 접동

진두강 가람가에 살던 누나는
진두강 앞마을에
와서 웁니다

옛날, 우리나라
먼 뒤쪽의
진두강 가람가에 살던 누나는
의붓어미 시샘에 죽었습니다

누나라고 불러보랴
오오 불설워
시새움에 몸이 죽은 우리 누나는
죽어서 접동새가 되었습니다

아홉이나 나마 되던 오랩동생을
죽어서도 못 잊어 차마 못 잊어
야삼경 남 다 자는 밤이 깊으면
이 산 저 산 옮아가며 슬피 웁니다

이 시를 지배하는 것은 청각 이미지이다. 1연의 '접동/접동/아우래비 접동'에서 시작해서 마지막 연의 '슬피 웁니다'까지 접동새 소리는 메아리처럼 되풀이되며 마음을 울린다. 여기에 '아홉 오라비'를 바꾼 '아우래비'(3행), 불쌍하고 서럽다를 축약한 '불설위'(12행), 오라비와 동생을 합친 '오랩동생'(15행) 등 시어에 대한 소월의 세심한 배려가 더해지면서 시는 자연스럽고 편안한 리듬감을 만들어낸다.

접동새는 촉나라 임금 망제의 애달픈 전설과 관련된 새이지만, 소월은 중국 전설을 전혀 의식하지 않고 오히려 우리나라의 또 다른 전설을 만들었다. 평안도 박천 땅 진두강가에서 살던 오누이의 슬픈 전설이 2~5연에서 펼쳐지고 있다. 출가를 앞두고 계모의 시샘에 억울하게 죽은 큰누나의 원혼이 접동새가 되어 동생들을 못 잊어 밤이면 이산저산 옮겨 다니며 슬피 운다는 내용이다.

전설에 몰입한 화자는 4연에 오면 전설 속 누나를 '누나'(11행)라고 부르고 싶은 충동을 느낀다. 이렇게 화자의 주관적 정서가 개입하면서 진두강가의 큰 누나는 우리 모두의 누나가 된다. 우리 민족의 보편적이고 향토적인 서정을 잘 다듬은 시어로 노래한 소월의 대표작이다.

집 생각

산에나 올라서서
바다를 보라
사면에 백열리, 창파 중에
객선만 증증…… 떠나간다.

명산대찰이 그 어디메냐
향안(香案), 향합(香盒), 대그릇에,
석양이 산머리 넘어가고
사면에 백열리, 물소리라

"젊어서 꽃 같은 오늘날로
금의로 환고향(還故鄕) 하옵소사."
객선만 증증…… 떠나간다
사면에 백열리, 나 어찌 갈까

까투리도 산 속에 새끼치고
타관만리에 와 있노라고
산 중만 바라보며 목메인다
눈물이 앞을 가리운다고

들에나 내려오면
치어다 보라
해님과 달님이 넘나든 고개
구름만 첩첩…… 떠돌아간다

화자는 타향살이를 하고 있다. 가끔씩 집 생각이 나면 바닷가 산에 올라 바다를 본다. 바다는 사면으로 '백열리'(3행)나 확 트인 풍경이다. 그 풍경 속에는 '객선'(4행)들이 있다.

　화자는 창파 위를 떠가는 객선들을 보면서 고향 생각, 집 생각에 빠져든다. 고향에서는 식구들이 그의 금의환향을 명산대찰에 기원하고 있을 것이다. 그것을 생각하면 하루 빨리 돌아가야 한다. 그런데 돌아갈 기약은 아직 없다. 생각이 여기에 이르자, 사면으로 백열리나 열려 있던 바다가 장애물로 느껴진다. 해지고 사면에서 들려오는 '물소리'(8행)는 그를 가두는 감옥이 된다. 그래서 화자는 '사면에 백열리, 나 어찌 갈까'(12행)라고 탄식하게 된다. 돌아갈 기약 없음이 커다란 상실로 다가온 것이다.

　이러한 상실감은 4연에 오면 더욱 증폭된다. 바다에 이어 '산'(15행)도 귀향을 가로막는 장애로 인식되는 것이다. 다만 '구름'(20행)은 바다의 '객선'처럼 자유롭게 떠돌아간다. 자유롭게 떠가는 '객선'에서 시작된 시상이 다시 자유롭게 떠도는 '구름'에서 끝나면서, 화자의 간절한 귀향 의식을 표현하고 있다.

산유화

산에는 꽃 피네
꽃이 피네
갈 봄 여름 없이
꽃이 피네

산에
산에
피는 꽃은
저만치 혼자서 피어 있네

산에서 우는 적은 새요
꽃이 좋아
산에서
사노라네

산에는 꽃 지네
꽃이 지네
갈 봄 여름 없이
꽃이 지네

1920년대까지도 소월을 비롯한 대부분의 시인들은 감정을 직접적으로 내뱉는 시를 썼다. 그런데 〈산유화〉는 당시로써는 드물게 시인의 감정 표현과 주관 표출이 절제되고, 대신 객관화된 세계를 지적인 표현으로 보여주는 작품이다.

　하염없이 꽃이 피고 지는 산의 모습이란 일면 평범하고 일상적인 광경이라 할 수 있다. 그 평범하고 일상적인 광경은, '저만치'(8행)라는 시어를 만나면서, 해탈 이후에나 도달할 수 있는 절대세계로 바뀐다. 그러나 세속의 삶에 갇혀 있는 화자는 그 절대세계로 감히 접근할 수 없다. 그 접근 불가능함의 시적 승화가 '저만치'라는 시어이며, 이는 〈초혼〉에서 '하늘과 땅 사이'의 거리로 표현되었다.

　이 시는 쉬운 시어와 반복적인 표현을 통해 단순함의 미학을 완성하고 있다. 가을을 '갈'(3행)이라고 표현한 부분에서는 시적인 표현의 묘미를 최고의 경지로 끌어올리고 있다. 또한 1연과 4연에서는 각각 꽃이 '피네'와 꽃이 '지네'의 변화만으로 반복되면서 자칫 어려워질 수 있는 시를 그렇지 않게 만들었다. 시어의 반복이 가져오는 단순한 시 형식이 고독과 순수성이라는 철학적인 삶의 의미를 쉽게 대할 수 있는 그 무엇으로 만들고 있는 것이다.

꽃 촛불 켜는 밤

꽃 촉불 켜는 밤

꽃 촉불 켜는 밤, 깊은 골방에 만나라.
아직 젊어 모를 몸, 그래도 그들은
"해 달같이 밝은 맘, 저저마다 있노라."
그러나 사랑은 한두 번만 아니라, 그들은 모르고.

꽃 촉불 켜는 밤, 어스러한 창 아래 만나라.
아직 앞길 모를 몸, 그래도 그들은
"솔대같이 굳은 맘, 저저마다 있노라."
그러나 세상은, 눈물 날 일 많아라, 그들은 모르고.

이 시는 젊은 날을 지나 노년에 이른 화자의 말로 되어 있다. 기나긴 젊은 날을 지나서 삶에 대한 통찰이 가능한 연배에 이른 화자가 독백처럼 내뱉는 말이다. 그런데 그 말 속에는 인생에 대한 허무가 짙게 배어 있다.

　젊은 날에 갖는 생의 의지는 '해 달같이'(3행) 밝고, '솟대같이'(7행) 굳다. 꽃 촛불은 젊음의 그런 아름다움을 나타내는 동시에, 짝사랑과 기다림의 상징이기도 하다. 그리고 이 시에서는 화자의 심경 토로에 적합한 분위기 조성을 위해 쓰이고 있는 것 같기도 하다. 화자는 적당한 어둠과 적당한 불꽃이 만들어내는 낭만적인 분위기 속에서 차분하고 진솔한 마음 상태에 도달한다.

　화자는 사랑을 비롯한 젊은 날의 일들이 안간힘일 뿐이며, 또한 헛되고 억지스러운 것이라고 생각한다. 죽을 날까지 오로지 한번일 것 같던 사랑도 끝내는 변한다. 2연에서도 마찬가지이다. 세상을 살다보면 눈물 날 일이 많다고 한다. 그러나 황홀한 젊음의 꽃 촛불을 켜들고 있는 젊은이들은 그것을 알지 못한다. 인생, 젊은 날의 그것은 사랑과 정열이지만, 노년에게 그것은 허무한 무엇일 따름이다. 나이에 따라 삶을 대하는 태도가 첨예하게 대립된다.

부귀공명

거울 들어 마주 온 내 얼굴을
좀 더 미리부터 알았던들!
늙는 날 죽는 날을
사람은 다 모르고 사는 탓에,
오오 오직 이것이 참이라면,
그러나 내 세상이 어디인지?
지금부터 두여덟 좋은 연광(年光)*
다시 와서 내게도 있을 말로
전보다 좀 더 전보다 좀 더
살음즉이 살련지 모르련만.
거울 들어 마주 온 내 얼굴을
좀 더 미리부터 알았던들!

삶에 대한 회한이 짙게 느껴지는 시이다. 살아온 날들에 대한 미련과 얼마 남지 않은 생에 대한 안타까움을 평범하고 일상적인 어법으로 표현해 놓았다.

화자는 어느 날 문득 들여다본 거울 속에서 늙은 자기 모습을 발견하고 삶과 인생을 생각한다. '사람들은 다 모르고 사는 탓에'(4행) 오직 자기가 선택한 삶이 '참'(5행)일 것이라고 믿어왔지만, 꼭 그런 것만도 아니라는 생각을 한다. 그래서 이팔청춘으로 돌아가는 가정을 한다. 만약 그럴 수 있다면 부귀와 공명도 누리면서 '살음즉이'(10행) 살아보고도 싶어진다. 다시 젊은 날로 돌아갈 수 있다면 사는 것처럼 살아보겠다고 말하는 화자가 어쩐지 서글퍼 보인다.

하지만 죽음을 앞에 둔 사람이라면 누구나 한번쯤 회춘을 꿈꾸는 법, 이 또한 인생살이의 한 단면이 아닌가? 그러므로 이 작품이 생에 대한 회한과 미련의 시라고만 할 수도 없을 듯하다. 오히려 〈홋길〉이나 〈추회〉에서처럼, 평범한 생의 진리를 담담하게 보여주는 시라고 보는 것이 좋을 듯하다.

---

* 연광(年光): 젊은 나이, 혹은 세월.

추회*

나쁜 일까지라도 생의 노력,
그 사람은 선사(善事)*도 하였어라
그러나 그것도 허사라고!
나 역시 알지마는, 우리들은
끝끝내 고개를 넘고 넘어
짐 싣고 닫던 말도 순막집의
허청(虛廳)*가, 석양 손에
고요히 조으는 한때는 다 있나니,
고요히 조으는 한때는 다 있나니.

삶 자체를 생각하게 하는 시이다. 세상사에 부대끼는 삶과 여백으로서의 삶이 묘한 대조 속에 표현되어 있다. '짐 싣고'(6행) 고개 넘는 말과 석양 무렵 '순막집 허청'(6~7행)에서 조는 말이 대조를 이루고 있는 것이다.

2행의 '선사(善事)'는 '좋은 일'이라고 볼 수도 있지만, '선(善)'자를 '많다'로 보는 것이 문맥상 더 좋을 듯싶다. 즉 힘들게 애쓰며 '많은 일'을 하였지만 그것이 모두 허사라는 것이다. '그 사람'(2행)이라는 3인칭은 불특정 다수의 세상 사람들을 지칭하며, 화자도 그들 중 한 사람이다.

이 시는 세상 사람 모두가 알고 있는 평범한 진리, 삶은 부대낌과 여백의 연속일 뿐이라는 진리를 다시 한번 일깨워 준다. 그 진리에 몸을 맡기고 살아가는 모습은, 석양 무렵 순막집 허청에서 졸고 있는 말처럼, 아름다우면서도 안타깝다. 삶이 모두 그런 것일까?

＊ **추회(追悔)**: 지나간 일을 생각하고 그리워함.
＊ **선사(善事)**: 많은 일. 이 시에서는 '선(善)'을 '착하다'보다 '많다'는 뜻으로 새기는 것이 훨씬 자연스럽다.
＊ **허청(虛廳)**: 헛간으로 된 집채.

무신

그대가 돌이켜 물을 줄도 내가 아노라,
"무엇이 무신함이 있더냐?" 하고,
그러나 무엇하랴 오늘날은
야속히도 당장에 우리 눈으로
볼 수 없는 그것을, 물과 같이
흘러가서 없어진 맘이라고 하면.

검은 구름은 멧기슭에서 어정거리며,
애처롭게도 우는 산의 사슴이
내 품에 속속들이 붙안기는 듯.
그러나 밀물도 쎄이고 밤은 어두워
닻 주었던 자리는 알 길이 없어라.
시정(市井)의 흥정 일은
외상으로 주고받기도 하건마는.

사랑은 끝이 나고 말았다. 그것은 '물과 같이 흘러가서'(5~6행) 없어져 버렸다. 심지어는 '닻 주었던 자리'(11행) 즉 사랑이 닻을 내렸던 흔적조차 알 길이 없다. 신의(信義)가 문제였다.

　그대는 오히려 '무엇이 무신함이 있더냐?'(2행)고 자기의 책임 없음을 주장할 것이다. 하지만 다 쓸데없는 일이다. 지금 당장에 '우리 눈으로 볼 수 없는'(4~5행) 마음이라고 해서 책임이 없어지는 것은 아니다. '시정(市井)의 흥정'(12행)에서도 신의를 지켜 외상을 주고받는데, 그대의 사랑은 장사치의 흥정만도 못하여 무신(無信)하기 이를 데 없다.

　'검은 구름은 멧기슭에서 어정거리며'(7행) 세찬 빗줄기로 퍼부을 기세인데, 그 속에서 애처롭게 우는 사슴의 모습을 상상해 보아라. 사랑을 잃고 전율하는 여인의 모습이 떠오르지 않는가? 소월은 이렇게 무신한 님에게도 진달래꽃을 뿌릴 수 있을까? 그 꽃을 걸음걸이 즈려 밟고 가라고 할 수 있을까? '무신'한 사랑은 더 이상의 뒤가 없는 사랑의 종말과 같은 것이다.

꿈길

물구슬의 봄 새벽 아득한 길
하늘이며 들 사이에 넓은 숲
젖은 향기 불긋한 잎 위의 길
실그물의 바람 비쳐 젖은 숲
나는 걸어가노라 이러한 길
밤저녁의 그늘진 그대의 꿈
흔들리는 다리 위 무지개 길
바람조차 가을 봄 걷히는 꿈

각 행의 마지막에 '길'과 '숲'과 '꿈'을 반복함으로써 각운의 효과를 살리고자 했다. 하지만 그런 의도적이고 인위적인 반복이 오히려 시의 맛을 덜어내고 있다.

　1행과 3행에서 '길'은 물 이미지와 결합되어 나타난다. '물구슬'과 '젖은'이라는 시어들이 물 이미지를 환기한다. 물이라는 사물은 그 액체성으로 인하여 다른 사물에 침투할 수 있다. 그것은 사물간의 경계를 거부하고 허문다. 그래서 아무데나 갈 수 있다.

　화자는 물 이미지와 결합된 '아득한 길'(1행), 즉 제목이 지시하는 '꿈길'을 따라 '숲'으로 들어간다. 그런데 그 숲은 '젖은 숲'(4행)이다. 숲은 무의식의 세계이다. 특히 '젖은 숲'은 더욱 깊은 무의식의 세계를 의미한다. 그곳에서는 가을이 되고 봄이 되어도 바람 한 점 일지 않는다. 그 도저하게 깊은 무의식 속에 '그대'(6행)가 있다. 아마도 소월의 시들 중, 님이 내게로 오지 않고 내가 님에게로 가는 의미 구조를 가진 시는 이것이 유일한 것 같다.

사노라면 사람은 죽는 것을

하루라도 몇 번씩 내 생각은
내가 무엇하려고 살려는지?
모르고 살았노라, 그럴 말로
그러나 흐르는 저 냇물이
흘러가서 바다로 든댈진댄.
일로조차 그러면, 이 내 몸은
애쓴다고는 말부터 잊으리라.
사노라면 사람은 죽는 것을
그러나, 다시 내 몸,
봄빛의 불붙는 사태흙에
집 짓는 저 개아미
나도 살려 하노라, 그와 같이
사는 날 그날까지
살음에 즐거워서,
사는 것이 사람의 본뜻이면
오오 그러면 내 몸에는
다시는 애쓸 일도 더 없어라
사노라면 사람은 죽는 것을.

이 시는 의미상 크게 네 부분으로 나뉜다. 1~3행, 4~8행, 9~12행, 13행~18행이다. 화자는 삶에 대한 자세를 거듭 수정하면서 삶의 의미를 발견한다. 1~3행에서는 삶에 대한 회의와 무지함을 언급한다. 4~8행에서는 냇물이 바다로 드는 것처럼 삶은 죽음으로 귀결되므로 애쓰고 노력하는 것이 무의미하다고 한다. 9~12행에서는 그럼에도 불구하고 봄날 집 짓는 개미들처럼 열심히 살지 않으면 안 된다고 자각한다. 그리고 13행~18행에서는 삶은 그 자체를 즐기는 것이 가장 중요하다는 인식에 도달한다.

　회의와 무지함→ 애쓰는 삶의 부정→ 또 다른 삶의 발견→ 즐거운 삶의 긍정 순으로 시상이 전개되고 있다. 얼핏 삶에 대한 체념과 허무적인 인생관을 보여주는 듯한 이 시가 사실은 그렇지 않음을 알 수 있다. 죽음 앞에서는 부귀나 공명같은 세속적인 가치를 좇는 삶이 헛되고 무의미하게 느껴진다. 삶 자체를 위해 사는 것이 가장 자연스럽고 의미 있는 일임을 화자는 깨달아가고 있는 것이다. 사노라면 죽게 되고 죽으면 어떤 무엇도 무의미로 돌아간다. 그렇기 때문에 의미 있는 것은 오직 삶 그 자체뿐인 것이다.

하다못해 죽어 달 내가 올라

아주 나는 바랄 것 더 없노라
빛이랴 허공이랴,
소리만 남은 내 노래를
바람에나 띄워서 보낼밖에.
하다못해 죽어 달 내가 올라
좀 더 높은 데서나 보았으면!

한세상 다 살아도
살은 뒤 없을 것을,
내가 다 아노라 지금까지
살아서 이만큼 자랐으니.
예전에 지나 본 모든 일을
살았다고 이를 수 있을진댄!

물가의 닳아져 널린 굴꺼풀에
붉은 가시덤불 벋어 늙고
어득어득 저문 날을
비바람에 울지는 돌무더기
하다못해 죽어 달 내가 올라
밤의 고요한 때라도 지켰으면!

삶에 대한 부정적 인식이 죽음 의식으로 이어지고 있는 시이다. 지나온 삶은 아무런 흔적도 없는 무가치한 삶이었다. 그래서 시적 화자는 죽음을 생각하게 된다. '아주 나는 바랄 것 더 없노라'(1행)라는 첫 행은 죽음과 마주한 순간을 표현한다. '닳아져 널린 굴꺼풀'(13행), '붉은 가시덤불'(14행), '비바람에 울지는 돌무더기'(16행) 등은 죽음의 형상들이다.

화자는 자신의 노래를 흔적도 없이 바람에 띄워 보내고자 한다. 노래는 소리이다. 소리는 살아 있음을 알려주는 생명 이미지이다. 그러므로 노래를 바람에 띄워 보내는 행위는, 생명이 기화되면서 소멸되는 것을 의미한다. 바람에 실려 간 노래, 곧 소멸된 생명은 결코 다시 돌아오지 않는다. 그것은 한 번 가면 돌아오지 않는 비순환적인 이미지이지만, 다시 돌아오기를 바라는 화자의 희망을 표시하는 모순적 어법으로도 해석된다.

1925년에 나온 시집 『진달래꽃』 원본에는 시 제목이 〈하다못해 죽어달내가 올나〉로 띄어쓰기 없이 표기되어 있다. 이것을 필자는 〈하다못해 죽어 달 내가 올라〉 즉 죽어서 달에 내가 오른다는 의미로 읽었다. 화자는 달에 올라가 '좀 더 높은 데'(6행)서 내려다보고 싶어하고, '밤의 고요한 때'(18행)를 지키고 싶어한다. 이런 사실을 고려한다면, '죽어서 내가 달에 오르는' 행위는 아주 자연스런 의미 구조를 형성하게 된다. 하지만 이를 〈하다못해 죽어 달려가 올라〉로 읽는 사람도 있고, 또 〈하다못해 죽어 달래가 옳나〉 즉 '죽어 달라고 하는 것이 옳은 가'로 읽는 사람도 있다. 뭐가 옳은지 단정 짓기는 힘들다.

희망

날은 저물고 눈이 나려라
낯설은 물가으로 내가 왔을 때.
산 속의 올뺴미 울고 울며
떨어진 잎들은 눈 아래로 깔려라

아아 소살(蕭殺)스러운* 풍경이여
지혜의 눈물을 내가 얻을 때!
이제금 알기는 알았건마는!
이 세상 모든 것을
한갓 아름다운 눈어림의
그림자뿐인 줄을.

이울어 향기 깊은 가을밤에
우무주러진 나무 그림자
바람과 비가 우는 낙엽 위에.

제목과 내용 간에 불일치를 통해 아이러니한 상황을 보여준 시이다. 소월의 다른 시, 〈낙천〉, 〈열락〉, 〈세상 모르고 살았노라〉 등의 시에도 제목과 내용의 불일치에서 오는 극적 아이러니의 상황이 제시되어 있다.

　바람과 비에 젖은 낙엽 위로 '우무주러진 나무 그림자'(12행)만 드리워진 물가이다. 더구나 이울어가는 늦가을의 밤이다. 나그네는 이런 풍경을 쓸쓸하고 살풍경하게 느껴진다. '소살(蕭殺)스러운'(5행)은 이런 느낌을 강조하기 위해 소월이 만들어낸 시어이다.

　나그네는 길 위에서 지혜를 얻는다. 이 시의 나그네도 지혜를 얻었다. 그런데 거기에는 눈물이 동반하고 있다. '세상 모든 것'이 '한갓 아름다운 눈어림의/그림자뿐'(9~10행)이라는 사실을 알게 되었기 때문일 것이다. 그것은 바로 허무의 지혜였던 것이다. 허무의 지혜에서도 희망의 샘이 솟을 수 있을까? 소월은 그럴 수 있다고 믿은 것일까? 소월은 그 도저한 믿음을 〈희망〉이라는 제목 속에 담아 두었다.

＊소살(蕭殺)스러운 : 쓸쓸하고 살풍경한.

전망

부옇한 하늘, 날도 채 밝지 않았는데,
흰눈이 우멍구멍 쌔운 새벽,
저 남편 물가 위에
이상한 구름은 층층대 떠올라라.

마을 아기는
무리 지어 서재로 올라들 가고,
시집살이하는 젊은이들은
가끔가끔 우물길 나들어라.

소삭(蕭索)한* 난간 위를 거닐으며
내가 볼 때 온 아침, 내 가슴의,
좁혀 옮긴 그림 장(張)이 한 옆을,
한갓 더운 눈물로 어룽지게.

어깨 위에 총 매인 사냥바치
반백의 머리털에 바람 불며
한번 달음박질. 올 길 다 왔어라.
흰눈이 만산편야(滿山遍野)* 쌔운 아침.

화자는 누각의 난간 위를 거닐면서 주위를 내려다본다(전망한다). 그 시선은 먼 곳에서 가까운 곳으로 이동한다. 1연은 먼 경치로, 저 멀리 남쪽 하늘에 떠오르는 구름이, 2연은 중간 경치로 마을의 풍경이 제시된다. 여기까지는 자연과 인간이 어우러진 한 폭의 풍경화 같다.

　3연에서 화자의 시선은 가까운 곳을 향하다 못해 내면 풍경으로 후퇴한다. 그 내면 풍경에는 '소삭(蕭索)한'(9행) 기운이 감돈다. 더불어 1~2연의 풍경화마저 눈물로 아롱져 보인다. 4연에서 시선은 다시 멀리 이동하지만, 그 원경은 화자의 내면 풍경의 다른 모습일 뿐이다. 화자는 '사냥바치'(13행)의 '반백의 머리털'(14행)에서 자신의 모습을 발견하는 것이다. '한번 달음박질. 올 길 다 왔어라.'(15행)는 정열을 다 허비하고 죽음 앞에 다다른 사람의 회한을 느끼게 한다.

　4개의 연이 각각 한시의 기승전결에 대응하도록 구성되어 있다. 눈 쌓인 만산편야(滿山遍野)를 내다보는 화자의 시선이 지나온 인생을 전망하는 시선으로 바뀌면서 회한의 더운 눈물이 시 속에 흐른다.

※ 소삭(蕭索)한 : 고요하고 쓸쓸한.
※ 만산편야(滿山遍野) : 산과 들에 가득함.

나는 세상 모르고 살았노라

"가고 오지 못한다" 하는 말을
철없던 내 귀로 들었노라.
만수산 올라서서
옛날에 갈라선 그 내 님도
오늘날 뵈올 수 있었으면.

나는 세상 모르고 살았노라,
고락에 겨운 입술로는
같은 말도 조금 더 영리하게
말하게도 지금은 되었건만.
오히려 세상 모르고 살았으면!

"돌아서면 모심타*"고 하는 말이
그 무슨 뜻인 줄을 알았으랴.
제석산 붙는 불은 옛날에 갈라선 그 내 님의
무덤에 풀이라도 태웠으면!

세상 사람들이 '가고 오지 못한다'(1행) '돌아서면 모심타'(11행) 라고 말할 때, 화자는 그 말이 무슨 뜻인 줄도 몰랐다. 철없이 흘려들었다. 그래서 님을 떠나보내고도 슬픈 줄을 몰랐다. 그렇게 그는 '세상 모르고'(6행) 한평생을 살아왔다. 그런데 지금 와서 '옛날에 갈라선 그 내 님'(4행, 13행)이 그리워지고 보고 싶어진다.

　이제 화자는 수많은 세상 고락을 경험하면서 적당히 사람들의 비위를 맞출 줄도 알게 되었다. 다른 사람 기분 상하지 않게 '같은 말도 좀 더 영리하게'(8행) 할 수 있게 되었다. 그만큼 세상에 대해 영악해진 것이다. 그만큼 세상을 더 잘 알게 된 것이다. 자신이 영악해졌다고 느낄 때 화자는 세상 모르고 철없던 때를 그리워한다. 왜 그때가 그리워진 것일까?

　이 시의 '옛날에 갈라선 그 내 님'(4행)은 단순히 이별한 님이 아니다. 소월시의 많은 경우가 그렇듯이, 이 시의 님도 '무덤'(14행) 속의 저 세상 사람이다. 옛날에 일찍이 죽은 님은 무슨 몹쓸 병이라도 앓았던 것일까? 화자는 그것을 알면서도 그를 사랑한 것일까? 그래서 사람들이 한번 가면 돌아오지 못한다고, 죽으면 그리움만 커진다고 그 사랑을 만류한 것일까? 그럼에도 불구하고 화자는 철없이 사랑을 계속하다 금방 님을 떠나보낸 것일까?

　화자는 님을 보내고 힘들게 한평생을 살았다. 그런 삶이 힘들었지만 사람에

＊모심타 : 그리워진다. 이 시어는 '무심타'로 잘못 알려져 있지만 원전에는 '모심타'로 되어 있다. '모심'은 '慕心' 즉 그리워하는 마음으로 보아야 한다.

게는 세상에 적응하며 잘 살아온 삶처럼 보였을 것이다. 그런데 그때 화자는 자기가 옛날의 님을 잊고 살았다는 사실을 깨닫게 된다. 세상을 알고 적응한다는 것이 님을 잊어버리고 사는 것이었음을 알게 된다. 그래서 순수하게 사랑만을 생각했던 철없던 시절이 그리워진 것이다.

이제, 화자가 1연의 4~5행에서 '옛날에 갈라선 그 내 님도/오늘날 뵈올 수 있었으면.' 하고 바랐던 이유가 분명해진다. 그리고 3연의 13~14행에서 "내 님의/무덤에 풀이라도 태웠으면!" 하고 바랐던 이유도 같은 맥락이다. 소월이 〈금잔디〉에서 '가신 님 무덤가의 금잔디'를 보면서 '불'을 연상한 것처럼, 이 구절도 님의 무덤 가에 아름다운 금잔디가 만발하기를 바라는 마음을 그렇게 표현했던 것이다.

덧붙이고 싶은 것은, 제3연이 4행인 것은 편집상의 실수로 보아야 한다는 점이다. 3연은 1연과 완전하게 동일한 구조로 쓰여졌다. 따라서 13행은 '제석산 붙는 불은/옛날에 갈라선 그 내 님의'으로 행을 구분할 필요가 있다. 또한 3행이 일반적으로 많이 알려진 것처럼 '만수산을 나서서'가 아니라 '만수산 올라서서'가 되는 이유도 '제석산 붙는 불은'(13행)과 완벽하게 대구를 이루기 때문이다.

금잔디

금잔디

잔디,
잔디,
금잔디,
심심산천에 붙는 불은
가신 님 무덤가에 금잔디
봄이 왔네, 봄빛이 왔네
버드나무 끝에도 실가지에.
봄빛이 왔네, 봄날이 왔네,
심심산천에도 금잔디에.

이 시의 첫 부분 '잔디 / 잔디 / 금잔디'를 3행으로 배치한 것은 시의 리듬을 위한 소월의 특별한 배려이다. 이런 행갈이는 〈접동새〉에서도 볼 수 있다. '접동 / 접동 / 아우래비 접동' 행갈이에 대한 세심한 배려로 〈금잔디〉는 경쾌한 리듬을 갖고, 또한 표면상으로는 슬픔이나 탄식의 정서에서 벗어나게 된다.

소월의 시에는 님이 많이 등장한다. 이 시에 등장하는 님은, 이 세상 사람이 아니라 이미 '가신 님'(5행)이다. 화자는 그 '가신 님'이 너무 그리워 온 대지에 봄빛이 완연해진 것을 눈치채지 못한다. 그러다 어느 순간, '가신 님 무덤 가에 금잔디'(5행)를 보고, 그 바알갛게 불붙는 금잔디를 보고 봄이 곁에 와 있다는 사실을 깨닫는다. 그러자 비로소 버드나무 실가지에 찾아와 있는 봄도 눈에 들어온다.

자연의 섭리에 따라, 계절의 순환에 따라 매번 찾아오는 봄이 화자는 더 슬프다. 님이 부재하기 때문이다. 하지만 화자는 그 큰 슬픔을 유장한 리듬에 실어 보낸다. 슬프되 어둡지 않은 화자의 표정은 바로 이런 유장한 가락에서 온다. 슬픔에 갇혀 있지 않고 그것을 잘 갈무리할 수 있는 힘, 그것은 바로 삶에서 가장 소중하다.

강촌

날 저물고 돋는 달에
흰 물은 쏼쏼……
금모래 반짝…….
청노새 몰고 가는 낭군(郎君)!
여기는 강촌
강촌에 내 몸은 홀로 사네.
말하자면, 나도 나도
늦은 봄 오늘이 다 진토록
백년처권(百年妻眷)*을 울고 가네.
길쎄 저문 나는 선배,
당신은 강촌에 홀로 된 몸.

이 시는 이중 화자를 등장시켜 시 속에 이야기를 도입하였다. 전반부에서는 강촌의 과부가 화자로 등장하다가 후반부에서는 선배로 바뀐다.

1~3행에 제시된, 달과 흰 물, 금모래가 어우러진 강촌의 분위기는 낭만적이다. 사랑을 속삭이고 구애를 하기에 이보다 더 좋은 장소는 없을 듯하다. 이 시의 첫 번째 화자인 과부는 이런 강촌에 살면서, 지나가는 사내들을 유혹한다. 그러나 아무나 유혹하는 것은 아니다. 과부가 관심을 갖는 대상은 주로 '청노새 몰고 가는 낭군(郞君)'(4행)이다. 여기서 '청노새'는 젊은 청년을 의미하고, '낭군'은 행동거지가 제법 점잖은 사내를 가리킨다고 보아 무리가 없다. 그런데 제법 점잖은 젊은 사내는 앞뒤가 모순되는 표현이다. 어원적으로 '점잖다'는 '젊지 않다'의 준말이기 때문이다. 젊으면 행동이 의젓하거나 신중치 못하다는 생각인 것이다. 결국 과부는 자기의 처지도 모르고 좀처럼 만나기 어려운 사내를 기다리고 있는 것이다. 이런 상황이 독자에게 웃음을 자아내게 한다.

후반부의 화자로 등장하는 사내는 더 기가 막힌다. 그는 '늦은 봄'(8행)을 즐기느라 여념이 없는 한량이다. 한평생 같이 하는 아내와 식구들은 나 몰라라 내팽개쳤다. '백년처권(百年妻眷)을 울고'(9행) 간다는 표현은 이를 두고 하는 말이다. 그럼에도 불구하고 그는 자기가 '선배'(10행)라고 우긴다. '선배'란 '선비'의 사투리, 혹은 지위나 학식따위가 앞서는 사람을 말한다. 개망나니가 점잖을 빼는 모양새이다. 그리고 당신도 '홀로 된 몸'(11행)이니 자기와 사랑을 나누자고 들이댄다. 독자는 여기서 다시 한 번 웃게 된다.

전체적으로 이 시는 신윤복의 〈월하정인〉이라는 그림과 유사한 분위기를 풍긴다. 그렇지만 〈월하정인〉에는 없는 해학성이 이 시에는 있다. 서로 유혹하고 유혹당하면서 어느새 꿍꿍이가 맞아떨어지게 되는 구애의 현장이 해학적으로 잘 그려진 시이다.

＊백년처권(百年妻眷): 한평생 같이 하는 아내와 식구들.

첫 치마

봄은 가나니 저문 날에,
꽃은 지나니 저문 봄에,
속없이 우나니, 지는 꽃을,
속없이 느끼나니 가는 봄을.
꽃 지고 잎 진 가지를 잡고
미친 듯 우나니, 집난이는
해 다 지고 저문 봄에
허리에도 감은 첫 치마를
눈물로 함빡히 쥐어짜며
속없이 우노나 지는 꽃을,
속없이 느끼노나, 가는 봄을.

'집난이'는 시집간 새색시를 가리킨다. 정주 지방의 방언에 새로 시집간 색시를 가리키는 '진나니'라는 말이 있다고 하는데, 소월은 아마도 진난이의 어원을 나름대로 해석하여 '집난이'로 사용하고 있는 것으로 보인다.

　8행의 '첫 치마'는 시집올 때 입고 온 치마를 말한다. 그 치마를 아직도 입고 있다는 데서 그야말로 갓 시집온 새색시임을 알 수 있다. 그 색시가 '미친 듯'(6행) 울고 있다. 새색시가 단순히 '가는 봄'과 '지는 꽃'이 서러워 이렇게 '미친 듯이' 울지는 않을텐데, 도대체 무슨 일일까? 사랑하는 사람을 따로 두고 시집온 때문일까? 아니면 시집살이가 너무 힘들어서? 혹시 신랑이 바람이라도 피우는 것을 눈치챈 것일까?

　만약 〈접동새〉의 누나, 의붓어미 시샘에 죽은 그 누나가 죽지 않고 시집을 갔다면 이런 모습일까? 3~4행에서 지는 꽃과 가는 봄을 울고 느낀다는 진술은, 어딘지 속내를 깊이 감추고 있는 말로 들린다. 접동새의 붉은 울음소리가 이 시속에도 배어 있는 듯하다.

달맞이

정월 대보름날 달맞이,
달맞이 달마중을, 가자고!
새라 새 옷은 갈아입고도
가슴엔 묵은 설움 그대로,
달맞이 달마중을, 가자고!
달마중 가자고 이웃집들!
산 위에 수면에 달 솟을 때,
돌 아들 가자고, 이웃집들!
모작별* 삼성*이 떨어질 때.
달맞이 달마중을 가자고!
다니던 옛 동무 무덤가에
정월 대보름날 달맞이!

이 작품은 정월 대보름날 달맞이 가는 흥겨운 모습을 표현하는 것으로 오해하기 쉽다. 하지만 이 시의 분위기는 무겁다. 물론 이웃 사람들은 대보름 달맞이에 들뜨고 떠들썩한 모습이다. '달맞이 달마중'(2행, 5행, 10행)은 의미가 같고 발음이 유사한 어휘를 중첩하여 운을 살려냄으로써 마을 사람들의 흥겨움을 표현하기 위해 고안한 표현이다. 그들은 산 위에 달이 솟고 호수에 달이 뜰 때까지 여러 시간 즐기다 돌아들 갈 것이다.

그런데 화자는 그 흥겨움에 동참하지 못한다. 비록 '새라 새 옷'(3행)을 갈아입고 달맞이 갈 준비를 했지만 가슴에는 떨쳐낼 수 없는 '묵은 설움'(4행)이 그대로 남아 있다. 그것은 '옛 동무'(11행)의 죽음과 관련되어 있다. 흥겨운 달맞이를 하려고 해도 그럴 수 없는 상황에 화자가 처해 있는 것이다.

정월 대보름의 휘황한 정경에 느닷없이 등장하는 옛 동무 무덤은 독자로 하여금 극단적인 심리적 낯설음을 경험하게 만든다. 흥겹고 생동하는 상황과 죽음의 세계를 가만히 병치해 놓은 것이다. 이러한 심리적 낯설음은 친구를 잃은 극단적 상실을 강화시킨다.

＊ **모작별**: 저녁 때의 금성. '모제기'라고도 함.
＊ **삼성**: 우리 민간 신앙에 나오는 삼태성(三台星)을 이르는 듯함.

엄마야 누나야

엄마야 누나야 강변 살자,
뜰에는 반짝이는 금모래 빛,
뒷문 밖에는 갈잎의 노래
엄마야 누나야 강변 살자.

이 시에서 우리는 어딘가 존재하고 있을 강변에 대한 아릿한 그리움을 먼저 느낀다. 마음의 평화와 안식을 찾지 못하고 방황하는 요즘 사람들에게 그 마알갛고 고운 '강변'은 하나의 동경이다.

　그렇다면 강변이란 어떤 곳인가? 그것은 아마도 평범하고 습관적인 행위가 이루어지는 일상의 세계는 아닐 것이다. 그러니 그것을 일상성이 소멸된 시공간이라 생각하면 좋을 것 같다. 일상성이 소멸된, 일상성을 뛰어넘은 세계의 동경을 표현하기에 어른들의 일상어는 어딘가 부족하다고 생각한 것일까? 소월은 굳이 해맑은 어린이의 말투를 빌어 쓴다. 대부분 유성음으로 구성된 시어들에서는 강변 금모래에 반짝이는 햇살만큼이나 해맑은 음향이 울려나온다.

　4행으로만 이루어진 소박하고 간결한 형식에 엄마랑 누나랑 함께 사는 평화로운 삶의 갈망을 담았다. 그런데 평화로운 강변의 삶에 대한 갈망은 이루어질 수 있을까? 이 시는 일상성의 탈피가 쉽게 이룰 수 없는 꿈일지도 모른다는 서러운 정감까지도 듬뿍 담고 있는 듯하다. 〈산유화〉에서 보여주었던 '저만치'라는 거리감이 이 시에도 녹아들어 있다.

닭은 꼬꾸요

닭은 꼬꾸요

닭은 꼬꾸요

닭은 꼬꾸요, 꼬꾸요 울 제,
헛잡으니 두 팔은 밀려났네.
애도 타리 만치 기나긴 밤은……
꿈 깨친 뒤엔 감도록 잠 아니 오네.

위에는 청초 언덕, 곳은 깁섬,*
엊저녁 대인 남포 뱃간.
몸을 잡고 뒤재며 누웠으면
솜솜하게도 감도록 그리워 오네.

아무리 보아도
밝은 등불, 어스렷한데.
감으면 눈 속엔 흰 모래밭,
모래에 어린 안개는 물위에 슬 제

대동강 뱃나루에 해 돋아 오네.

닭의 홰치는 소리는 어둠을 몰아내고 동녘의 환한 새벽빛을 몰고 온다. 새벽 닭소리에 화자는 '애도 타리 만치 기나긴 밤'(3행)의 꿈에서 깨어난다. 그리고 다시 잠들지 못한다. 그는 '엊저녁 대인 남포'(6행) 항구의 뱃간에서 이리저리 몸을 '뒤재며'(7행) 아침이 되기를 기다리고 있다. 눈을 감으면 '깁섬'(5행)의 '흰 모래밭'(11행)과 그 위쪽으로 펼쳐진 '청초 언덕'(5행)이 아른거린다. 대동강 하구에 위치한 남포에서 물길을 거슬러 깁섬까지는 지척이다. 날이 새면 한달음에 갈 수 있는 거리이다.

다른 소월시에서는, 그가 사모하고 기리던 모든 대상은 너무 먼 거리에 있었다. 그것은 눈비에 막히거나 바다에 막히거나 산들에 막혀 결코 도달할 수 없는 곳에 있었다. 오죽하면 소월의 시어 중에서 '저만치'라는 시어의 중요성이 그토록 강조될까? '저만치'는 결코 도달할 수 없는 절대 거리를 표현한다. 그런데 이 시에 와서는, 화자가 기리는 대상이 지척에 있다. 그것이 님이라면 그는 님을 곧 만날 것이고, 그것이 마음의 고향이라면 그는 곧 고향에 가게 될 것이다.

마지막 시행은 '대동강 뱃나루에 해 돋아 오네'로 끝이 난다. 이제 돛을 올려 출발하면 그곳에 곧 이르게 된다. 새로운 현실에 대한 결연한 믿음과 희망을 보는 듯하다. 마지막 닭소리에 악령과 같은 절망, 그 어두운 현실은 물러나고 있다. 소월은 이 시를 『진달래꽃』 시집의 맨 마지막 시로 선택했다. 그렇게 깊고 도저하던 시대의 절망 속에서도, 결코 최후의 희망을 놓치고 싶지 않았던 것이다.

* 깁섬: 대동강의 능라도.

참고문헌

권달웅, 「소월과 목월의 비교 연구」, 한양대 석사논문, 1984.

권영민 엮음, 『김소월 시전집』, 문학사상사, 2007.

권영옥, 「김소월의 후기시 연구」, 서강대 석사논문, 1986.

김명석, 「김소월 시의 색채의식 연구」, 대구대 석사논문, 1993.

김병선, 『소월의 시어와 그 쓰임새』, 한국문화사, 1994.

김삼주, 「김소월 시의 연구」, 인하대 박사논문, 1989.

김성태, 「김소월 시 작시법에 대한 언어시학적 연구 시론」, 서강대 석사논문, 1984.

김용식, 「김소월 시의 원형상징 연구」, 배재대 석사논문, 1993.

김용직 주해, 『김소월 시집』, 깊은샘, 2007.

김용직 편저, 『김소월 전집』, 서울대 출판부, 1996.

김정식, 『소월시 전집』, 박영사, 1978.

김현자, 「김소월·한용운 시에 나타난 상상력의 변형구조」, 이화여대 박사논문, 1981.

노윤환, 「김소월 시의 전통성에 관한 연구」, 한국교원대 석사논문, 1992.

박노빈, 「김소월 시 연구」, 경기대 석사논문, 1995.

박진환, 「김소월 시 연구」, 국민대 박사논문, 1982.

송희복, 『김소월 연구』, 태학사, 1994 .

신달자, 「만해와 소월 시의 여성지향 연구」, 숙명여대 박사논문, 1991.

엄동섭·웨인 드 프레메리, 『원본 〈진달래꽃〉 〈진달래꽃〉 서지 연구』, 소명출판, 2014.

오세영, 『김소월 그 삶과 문학』, 서울대 출판부, 2000.

오하근, 『김소월 시어법 연구』, 집문당, 1995.

오하근, 「김소월 시의 성상징 연구」, 전남대 박사논문, 1989.

유근조, 「소월과 만해 시의 비교 연구」, 단국대 박사논문, 1983.

유창근, 「소월 시의 페미니즘 연구」, 명지대 박사논문, 1988.

윤석산, 「소월 시 연구」, 한양대학교 박사논문, 1989.

윤주은 편저, 『김소월 시 전집』, 학문사, 1994.

윤주은, 「김소월 시의 원문비평적 연구」, 효성여대 박사논문 1990.

윤주은, 『밧고랑 우헤서』, 교문사, 1986.

이봉신, 「김소월과 이상의 수용미학적 연구」, 건국대 박사논문, 1988.

이영길, 「소월 시의 어조 연구」, 고려대 석사논문, 1982.

이영섭, 「김소월 시 연구」, 연세대 박사논문, 1988.

이유식, 「김소월 시 연구」, 성균관대 박사논문, 1990.

이인복, 「죽음 의식을 통해 본 소월과 만해」, 숙명여대 출판부, 1980.

이정미, 「소월과 만해 시의 자연 형상화 연구」, 연세대 석사논문, 1989.

장만영, 『정본 소월시 감상』, 박영사, 1979.

전정구, 「김소월 시의 언어시학적 특성 연구」, 전남대 박사논문, 1989.

전정구, 『김정식 작품 연구』, 소명출판, 2007.

전정구, 『소월 김정식 전집』, 한국문화, 1994.

정효구, 「김소월 시의 기호체계 연구」, 서울대 박사논문, 1989.

정희성, 「김소월 시에 투영된 비극적 삶의 인식」, 동국대 석사논문, 1994.

조창환, 「김소월 시의 운율론적 연구」, 서울대 박사논문, 1985.

최동선, 「김소월 연구」, 성균관대 석사논문, 1983.

최문자, 「소월 시에 나타난 임의 정체」, 연세대 석사논문, 1987.

최성심, 「소월 시의 이미지 연구」, 동국대 박사논문, 1994.

한진희, 「소월 시의 민족의식 연구」, 전북대 석사논문, 1986.

소월 김정식 연보

1902년(1살)
- 9월 7일(음력 8월 6일), 평안북도 구성군 서산면 외가에서 출생.
- 출생 후 평안북도 정주군 곽산면 본가로 옴.

1907년(6살)
- 조부가 독서당을 개설하고 훈장을 초빙하여 한문 공부 시작.

1909년(8살)
- 곽산면 소재 남산학교 입학.

1913년(12살)
- 남산학교 졸업.

1916년(15살)
- 홍실단과 결혼.

1917년(16살)
- 정주군 소재 오산학교 중학부 입학. 은사 김억을 만나 시창작 지도를 받음.

1919년(18살)
- 3·1운동에 참여하였다가 잡혀가는 도중 요행히 몸을 피함.

1920년(19살)

• 『창조』에 〈낭인의 봄〉 등 시 5편을 처음으로 발표.

1921년(20살)

• 『학생계』와 『동아일보』에 다수의 시 발표.

1922년(21살)

• 4월 배재고등보통학교 5학년 편입.
• 『개벽』에 김억의 주선으로 〈금잔디〉 등 다수의 시 발표.

1923년(22살)

• 3월 배재고등보통학교 졸업.
• 4월 일본으로 건너가 도쿄상과대학 예과에 입학.
• 10월 관동대지진으로 귀국. 이후 학업을 다시 하지 못함.

1924년(23살)

• 고향에서 조부의 광산 일을 도움.
• 『영대』 동인으로 참가.

1925년(24살)

• 5월 『개벽』 5호에 시론 〈시혼〉을 발표.
• 12월 시집 『진달래꽃』을 매문사에서 간행.

1926년(25살)

• 『동아일보』 구성지국을 경영함.

1927년(26살)

• 『동아일보』 구성지국 경영을 그만둠.

1928년(27살)

• 김억이 주재한 『백치』에 시 발표.
• 작품량이 눈에 띄기 줄기 시작함.

1929년(28살)

• 『문예공론』에 시 4편 발표.
• 조선시가협회 회원 가입.
• 이 무렵 불면증에 시달리고 과음하는 습관이 생김.

1931년(30살)

• 『어린이』에 동요가 실렸다고 하나 확인되지 않음.

1932년(31살)

• 이해부터 다음 해까지 작품을 발표하지 않음.

1934년(33살)

- 『삼천리』에 다수의 시작품 발표.
- 12월 24일 아편으로 죽어 오전 8시경에 발견됨. 구성군 서산면 평지동 터진고개에
  묻힘.

장노현(張魯鉉) jnohyun@hanmail.net

한국학중앙연구원에서 문학박사 학위를 받았다. 문학과 디지털 매체의 상호 연관성을 주로 연구하며,
디지털 문화콘텐츠와 인문정보학에도 관심을 갖고 있다.
1990년대 후반 한국문화 대표사이트로 세간의 주목을 받았던 '디지털한국학' 사이트를 기획·개발하였
고, 2000년대 들어 '한국향토문화전자대전' 사업의 초기 기획 및 개발을 이끌었다. 현재 한국학중앙연구
원에서 일하며, 각종 문화콘텐츠 사업의 기획과 자문 활동을 하고 있다.
『디지털 매체와 문학의 확장』(2013), 『섬말 사람들 이야기』(2011), 『은행동 사람들 이야기』(2010), 『기층리
더십과 시민공동체』(공저, 2010), 『한국 현대시어 빈도사전』(공저, 2007) 『하이퍼텍스트 서사』(2005) 등 여러
권의 책과 논문을 썼다.

중고생도 함께 읽는 『진달래꽃』

소월이 지금 나에게로 왔다

초판1쇄 발행   2014년 11월 7일

엮 은 이 장노현
펴 낸 이 최종숙
펴 낸 곳 글누림출판사

책 임 편 집 이태곤
편집 디자인 안혜진
편   집 이홍주 권분옥 이소희 박선주 문선희 오정대
마 케 팅 박태훈 안현진
관   리 구본준

주   소 서울시 서초구 반포4동 577-25 문창빌딩 2층(137-807)
전   화 02-3409-2055(대표), 2058(영업), 2060(편집)
팩   스 02-3409-2059
홈페이지 http://www.geulnurim.co.kr
전자메일 nurim3888@hanmail.net
등록번호 제303-2005-000038호(2005. 10. 5)

ISBN 978-89-6327-276-4 03810

정가 15,000원